拾ったワンコは躾のいい年下男子

世話焼き同居人は意外に肉食!?

涼暮つき

ILLUSTRATION
SHABON

蜜夢
MITSU
YUME

CONTENTS

MITSU YUME

イラスト／ＳＨＡＢＯＮ

拾ったワンコは躾のいい年下男子

Hirotta WANKO ha shitsuke no ii toshishita danshi

世話焼き同居人は意外に肉食!?

プロローグ

「だったら——試してみようよ」

彼が静かに言った。

ソファの端に追い詰められたまま、あずさは緊張に身体を震わせていた。さっきから心臓がまるで別の生き物のようにドッドッドッとうるさくて、この場から逃げ出してしまいたいような気持ちになっている。

実際に逃げ出そうと思えば逃げ出せる状況ではあるのだが、あずさは迷っていた。このまま先に進むのか、ここで待ったをかけるべきなのか。

相変わらず心臓はうるさいままで、あずさの緊張が最高潮に達したとき、ソファが小さく軋《きし》んだ。

——どうしたらいい？　やっぱりこんなの間違ってるよね？

頭の中でぐるぐると考えている間に、あずさの視界に彼が入り込んできた。口元に柔らかな微笑みを浮かべたままじっとあずさを見つめている。

見慣れたはずの彼の表情が、なんだか別人のように見えた。

豹変《ひょうへん》、というには大袈裟《おおげさ》かもしれないが、いつも温厚で優しく、柔らかな雰囲気を纏《まと》った彼のこんなにも男らしい表情を見るのは初めてだった。

耐えられなくなって目を逸らすと、そんなあずさの反応を楽しむように彼の視線が追いかけて来る。何度かそんなやり取りをし、結局最後にはその視線から逃れられなくなってしまった。

これまであずさに男の顔を見せたことすらなかった彼が、その顔を隠すことなく、むしろ前面に押し出してきている。

沈黙が苦しくて、どうにかしてこの空気を変えようと思ったが、結局どうしていいのか分からない。

しばらくの間膠着《こうちゃく》状態が続いたが、彼がソファに座ったまま距離を詰めた。

彼の右手がゆっくりと動いてあずさの頰を優しく包み、親指の腹で唇を撫《な》でる。そのまま顎を撫で、首筋にも指を這《は》わせた。

触れるか触れないかくらいの繊細なタッチでしばらく首を撫で、やがて胸の谷間に向かって指を滑らせた。

彼の指の刺激にあずさが小さく身体を揺らすと、彼は「敏感なんだ」と満足げに笑って上体を屈め、あずさの首筋に熱い唇を押し付けた。

はじめは遠慮がちに、それから少しずつ場所を変えながら、やがてあずさの服を裾から捲《めく》り上げて肌に直接優しいキスを施していく。

一体いくつのキスを落とされたのだろう？　その優しい触れ方に肌が慣れたころ、彼があずさの胸元に強く唇を押し付けて吸い上げた。

「……っ」

吸われたところにチクっとした痛みが走り、あずさは思わず身を引いたが、彼はそのまま唇を離そうとはしなかった。

彼のことは好きだけど、恋愛感情とはたぶん違う。そんな相手に自分がつらいからと甘えていいはずがないのだ。

頭の中であれこれと考えているうちに、胸元から唇を離した彼に再び距離を詰められた。

あずさが発しようとした制止の声は、直前で彼の唇に塞がれて声にならなかった。まるで彼があずさの迷いを断ち切るように、迷いが一瞬でも口から漏れないように唇ごと蓋をされた。

「あの。ちょっ、待っ……」

「……んっ」

実際、その効果はてきめんだった。息苦しさにもがいているうちに、頭の中が少しずつぼんやりとしてきた。

こんなことよくないと思っていたはずなのに、彼のキスが次第に心地よさに変わっていく。

この先を知りたいという探求心と理性の間で揺れながら、なけなしの抵抗を続けると彼が唇を付けたまま囁《ささや》いた。

「歯で塞がないでよ。嫌じゃないなら、もっと奥まで触りたい……」

強請るような甘い声に心が揺らいだ隙に、彼の舌がゆっくりとあずさの口内を侵食してきた。そっと上顎を撫で、優しく歯列をなぞると、口の中で行き場を失って迷っていたあずさの舌を彼の舌が迎えた。

「――ん、っふ」

なんだろう、この感覚。彼のキスは全身に響く。

決して強引なわけではなく、本気になればいくらだって抵抗できるはずなのに、なぜか身体の自由が奪われていく。次第に頭の中がぼうっとして気持ちいいという感覚以外が壊れたみたいに鈍感になっていく。

「舌出して」

何かに操られているかのような感覚を不思議に思いながらも、あずさは抗うことを諦めた。言われるままだらしなく口を開いて舌を出すと彼が興奮したようにごくりと唾《の》を呑み込んだ。

そのままソファに押し倒され、一瞬手摺《てす》りで頭をぶつけた気がしたが、そんなことを気に留める余裕はなかった。

求められるまま長い長いキスを交わし、どれくらいそうしていたのか分からなくなるほど夢中で貪りあい、そっと唇を離した彼と目が合った。

彼の目はわずかに濡《ぬ》れ、激しい欲情の色が差している。
彼のこんな顔を引き出しているのは自分なんだと思うと、身体がぞくっと震えた。

第一章　拗《こじ》らせた女

終業時間の午後六時を過ぎると、静かだったフロアが急にざわめき始める。

周囲に挨拶をすると脇目も振らず退社していく者、やりかけの仕事に切りをつけて一息つく者など様々で、そんな人々の動きが落ち着くとフロアに再び静けさが戻った。

滝川《たきがわ》あずさは、次々と退社していく同僚たちの後ろ姿を見送ってから、長時間画面を見つめていた目を何度か瞬かせたあとパソコンの電源を落とした。それから両手を組んで胸の前に大きく突き出すようにして伸びをするのは終業のルーティンのようなものだ。凝り固まった身体に血が巡って行くのが分かる。

「帰るか……」

あずさがそう呟《つぶや》いて立ち上がり後ろを振り返ると、同僚の最上拓也《もがみたくや》が頭を掻《か》きながら未だパソコンの画面を睨《にら》んだままぶつぶつと何か呟いている。

「まだ帰らないの？　今日、一応ノー残業デーだけど」

働き方改革などで定時に仕事を終えることが推進される昨今、過剰な残業こそ制限されているが、その匙加減《さじかげん》は結局のところ個人に委ねられている。

「どうかしたの？」

あずさが訊《たず》ねると、最上が画面から視線を外してあずさを見上げた。

整えられた黒髪の短髪に、意志の強そうな眉。学生時代はスポーツをしてました、といった雰囲気の健康的で爽やかなルックスの最上がマウスから手を離して頷《うなず》いた。

「全然アイデア浮かばねぇ……」

余程煮詰まっているのか、手あたり次第資料になるものを探していたと思われる彼のデスクの上は分厚いカタログや冊子で溢《あふ》れ返っている。

「気分転換大事だよ。仕事その辺にして飲みにでも行かない？　付き合うから」

「そういう滝川はどうなんだよ。付箋とインナーバッグのリニューアル」

「付箋は順調。なんだけど——バッグのほうがね」

あずさがお手上げだと言うように肩をすくめると、最上がなんだ、とほっとしたように白い歯を見せて笑った。

「そうだな。気分変えるの大事か！　どこ行く？　いつものとこでいい？」

最上がノートパソコンを閉じてビジネスバッグを膝に置くと、デスクの上に散乱していたカタログや書類の束を手早く片付けて立ち上がった。回転椅子の背もたれに無造作に掛けられた上着を羽織り、あっという間に身支度を整えた最上は「行くか」と急かすようにあずさに声を掛けた。

気付けばフロアにはあずさと最上のほかには誰も残っていない。

「先に下降りてて。私、ちょっと化粧室寄ってく」

「了解」

そう返事をした最上が部屋を出てすぐにやって来たエレベーターに乗り込むと、あずさに向かって軽く手を挙げた。そんな最上にひらひらと手を振り返してから廊下を歩いて化粧室に向かうと、あずさは鏡の前に立ち後ろで一つに纏《まと》めていた髪留めを外してバッグに入れた。

髪を軽く手櫛《てぐし》で整えて、鏡に向かって笑顔を作る。少し渇いた唇に軽く色と潤いを足し、皮脂を抑える程度にパウダーをのせて「よし！」と小さく呟くと化粧室を出た。

エレベーターで一階のエントランスまで降りると、待っていた最上と共にオフィスを出た。あずさたちが勤務する文具メーカー、プリンス事務の本社オフィスは、駅にほど近い高層階のビルが立ち並ぶ大通りから一本奥に入った道沿いにある。

あずさたちは大通りに出ると駅方面に向かって歩き出した。駅までの道のりの途中、二人が行きつけにしている馴染《なじ》みの居酒屋がある。真っ黒な壁の古民家風の店の藍色の暖簾《のれん》をくぐると、若い店員が威勢のいい声を上げた。

「何名様ですか？」

「二人です」

店員に奥の座敷に案内され、あずさがいつものようにテーブルの奥側に座ると、最上が「とりあえず生二つ」と慣れたように飲み物とつまみを注文した。

まずは運ばれてきたビールで乾杯をし、空腹を満たしながら、思い思いに飲み進めていく。スーツのジャケットを脱ぎ、首元のネクタイを緩めてだいぶリラックスしてきた最上の様子を窺《うかが》いつつ、あずさは頃合いを見て彼に訊ねた。

「――で？　なにをそんなに悩んでるわけ？」

あずさと最上は同期入社で、入社当時から同じ商品企画課で働く仲間でもあり、しのぎを削るライバルでもある。

「あ……うん」

最上はいま新しい筆記具の企画開発に携わっている。従来の商品を改良するのとは違い、他社が手掛けていない全く新しい商品を求められているのだ。

「多機能ペンってどこのメーカーでも出してるだろ？　考えれば考えるほどすでにある商品と似たようなアイデアしか浮かばなくてさ。滝川だったら多機能ペンになにを求める？新しい発想としてさ、プラスアルファでどんな機能が付いてたら面白いと思う？」

「プラスアルファ……ねぇ」

多機能ペンといえば、何色かのボールペンや、そこにシャープペンシルが付随したものなど種類は様々だ。近年では、従来の常識を覆す消せるボールペンなどが爆発的にヒットし、現在も人気商品だ。各メーカーもそれまでの自社ブランドのカラー展開を増やし、個人で様々なカスタマイズができる商品などを出して人気を博しているが、元々冒険心の強い最上が他社と同じ路線でなく、差別化できるアイデアを摸索《もさく》して頭を悩ませているのだろうということは想像がついた。

「どこのメーカーも出してない斬新ななにか……考えてるんだけど、難しいんだよなぁ」

——斬新なアイデア、かぁ。

あずさはバッグの中から普段使っている多機能ペンを取り出して、まじまじと見つめた。

「新しいもの、ねぇ……」

プリンス事務は企業向けの帳簿を製造販売する会社として創業した。

その後、ルーズリーフやファイル、バインダーなどの生産を始め、筆記具を手掛けるようになったのはごく最近のことだ。老舗の筆記具メーカーに比べると商品数も少なく遅れを取っている分、他のメーカーにはない新しい商品の開発に特に力を入れている。

ちょうどその時、バッグの中のあずさのスマホが小さな音を立てた。SNSの通知音ならすぐに内容を確認する必要はないと思い放置していたが、ふいに閃《ひらめ》いた考えに「あっ!!」と声を上げた。

「なんだよ、急に大声出して」

驚いた最上が、まじまじとあずさを見つめる。

「ね、最上。こういうのは？」

あずさは慌ててバッグの中からスマホを取り出して、通知ランプを指さした。

「なにが」

「ほら、これよ、これ！　通知が来るとか、どう？」

一瞬、何のことだか分からないという表情をしていた最上が「ああ！」とあずさを見つめた。

「通知！　通知機能付きの多機能ペンってことか⁉」

「そう！　定番の黒・赤のボールペンとして使えて……なおかつ通知機能とかあったら便利じゃないかな？」

口に出しておいて、あずさは瞬時にあまりに素人考え過ぎる案だったかと反省し、

「――なんて、さすがにちょっと無理があるよね。ごめん、忘れて！」

と言葉を打ち消した。

彼が手掛けているのは、誰でも手に取りやすい比較的安価な価格帯の多機能ペンだ。あずさの思い付きは技術面にも難があるうえ、生産コストも掛かり、価格帯も跳ね上がってしまうことが容易に想像できる。

「いや、いいかも。確かにありそうでなかったな、そういうの」

「でも……企画として通るかは微妙だよね」

アイデアとして斬新で他社がまだ手を付けていない領域だとしても、それを商品化するにあたっての諸々の事情がある。

「や、そこは考える。アイデアとして面白いと思うし、実際あったら使ってみたくないか？」

そう言った最上の目が輝いたのを見て、あずさは思わず笑ってしまった。

——なんて顔するかなぁ。

最上のこういうときの顔は本当に狡《ずる》い。アイデアが浮かんで想像に夢中になると、まるでそれしか見えていないかのような、輝きに満ちた目をすることがある。彼の目の輝きからして、きっと何かいい案が閃いたのだろう。

「ありがとな！　やっぱ頼りになるな、滝川は」

「大袈裟《おおげさ》。結局、大したこと言ってないのに」

「いや、アイデアありがたいよ。小さなヒントが閃きに繋《つな》がるの、滝川も分かるだろ？」

以前、あずさ自身が既存商品の改良案に頭を悩ませていた時、彼の何気ないひとことから閃きが生まれ、救われたことがあった。

今では別々の案件を任されることが増えたが、新人の頃は二人で同じ案件に関わることも多く、互いの足りないところを補い合ってきた戦友だ。同僚として誰よりも最上のことを理解しているつもりだし、彼のほうも同じ思いなのではないだろうか。

「まぁ……少しでも役に立てたならよかったけど」

「役に立ったなんてもんじゃないよ。滝川のこと頼りにしてるからな」

「まーた。調子いいこと言って。じゃあ、ここは最上の奢《おご》りってことかな？」

あずさが少し茶化すように訊ねると、最上が柔らかな笑みを零した。

「はは……抜け目ないなぁ。そういう抜け目のなさ、違うとこに生かせよ」

「どういう意味？」

「この間、白石《しらいし》たちと婚活パーティー行ったんだって？」

「やだ。なんで知ってんの⁉」

「白石に聞いたんだよ。三十路女が二人して撃沈して帰って来たって」

「三十路言うな。ていうか、最悪……」

　確かに二週間ほど前、同期の白石晶子《しょうこ》に誘われて婚活パーティーに参加した。

　二十代から三十代前半という年齢層のパーティーだったのだが、たまたま女子の年齢層が低く、当然男性陣は若い子をチヤホヤするばかり。あずさたちもギリギリ二十代だというのに、すっかりオバサン扱いされ、いろんな意味でＨＰを削られただけに終わった。

「なんで？　俺に知られちゃまずいのかよ？」

「まずくはないけど……。『婚活なんて、必死か』って突っ込みそうじゃない」

　故意に隠していたわけではないが、最上に対して職場の同僚以上の感情を拗《こじ》らせているあずさとしてはできれば知られたくなかったことだ。

　今夜のように仕事帰りに二人で飲みに行くというだけで、わざわざ髪を下ろし、ご丁寧に化粧を直してしまう程度には好意がある。

「そんなこと言わないって。いいじゃん、婚活。俺もしてみようかな」

　最上の言葉に、あずさは思わず目を丸くした。

「意外。最上って結婚とか興味ないのかと思ってた……」

「ある程度の年齢いったら少しは考えるだろ。まわりも結婚してるやつ増えてくるし」

「ふぅん。最上って彼女いない歴、何年だっけ？」

「三年かな。そういう滝川は？」

「四年」

包み隠さず素直に答えておいて、四年かぁ……と過ぎ去った年月の重みに少し落ち込んだあずさは小さく肩を落とした。

「お互い頑張らないとなぁ、そういう意味でも」

「ほんとね……」

そう答えて飲みかけのビールを一気に喉に流し込んだ。

好意のある男に『頑張らないとな』なんて激励されることほどせつないことはない。

こんなとき、アルコールの力を借りて『この際、私たち付き合っちゃう？』なんて小首を傾げて言えるような可愛らしさを持ち合わせていたなら、自分たちの関係は変わるだろうか――。なんてことをぼんやりと考えてはみたが、そもそもそんな駆け引きができていたら苦労していない、と心の中で突っ込みを入れる。

最上が何気なくスーツの袖を指で押さえ時計を確認したのを見て、あずさもテーブルの上のスマホを開き時間を確認した。

午後九時過ぎ。そろそろ帰るかと促されるか、もう一杯と言われるか、どちらも可能性としてありえる時間帯だ。

「滝川、時間まだ平気か？　もし大丈夫ならあと一杯だけ付き合って」

今夜は、後者だった。あと一杯分だけでも最上といられる時間が増えるという嬉《うれ》しさに自然と頬が緩む。

「もちろん。一杯と言わず、好きに飲んだら？　明日休みだし、いくらでも付き合うよ」

あずさが答えると、最上が「やった！」と嬉しそうに眉を上げた。

それから一時間ほど飲んで、揃《そろ》って居酒屋を出たのは午後十時過ぎだった。

頭を悩ませていたアイデアのヒントを得られたことに安心したのか、最上は飲んでいる間饒舌《じょうぜつ》だった。お礼だと言ってあずさの分の支払いまでしてくれた彼はいい具合に酔っていることもあり、いつにも増してご機嫌だった。

「やっぱ、いいな。滝川相手だと安心して飲める。変に気を使わなくていいっていうかさ。一緒にいてラクだし」

何気ない最上の言葉に、嬉しいような悲しいような複雑な感情が生まれる。

安心する、気を使わなくていいと言われるのは素直に嬉しいと思う。けれど、彼の信頼を得ているのだと感じると同時に、自分が異性として意識されていないということにも気付いてしまうからだ。

「あーあ、眠くなってきた。電車で帰るの面倒だな。タクシー捕まえるから滝川も一緒に乗ってけよ」

最上が通りに出て手を挙げると、ちょうどタイミングよく空車のタクシーがやって来た。あずさが慌てて後を追うと、彼が素早く停車したタクシーの後部座席に乗り込んだ。

あずさと最上は自宅の最寄り駅が同じで、普段なら電車で二駅、そこから各々徒歩で帰宅するのだが、今夜のように帰宅時間が遅くなった時はタクシーを利用することもある。

「E町経由でN町まで。滝川、どうした？　乗れよ」

先にタクシーに乗り込んだ最上に促され、あずさもそのあとに乗り込んだ。タクシーが走り出すと、最上が大きく息を吐いて安心したようにシートに身体を預けた。

「眠い……」

「少し寝たら？　降りるとき起こしてあげるから」

「マジで？　じゃ、遠慮なく」

そう言った最上が両腕を組んだまま目を閉じると、すぐに小さな寝息が聞こえてきた。まるで電池の切れた子供みたいだ。

あずさといると安心するという最上の言葉は決して嘘《うそ》ではないのだろうと思う。

眠りながらゆらりゆらり揺れていた最上の頭が、いつの間にかあずさの肩の上にもたれた。普段とは違った彼との距離感にほんの少しドキドキする。

心を許してくれていると感じる。すぐ近くで聞こえる寝息に胸の奥が温かくなる。

彼の頭の重みになんとも言えないくすぐったさを感じながら、あずさは窓の外を流れて行く景色を幸せな気持ちで眺めていた。

あずさが一人暮らしをしている賃貸マンションは、鉄筋コンクリートの五階建てだ。

築八年の２ＬＤＫ。広めのリビングダイニングとキッチンに八畳の寝室、四畳半の和室。キッチンには小さいながら食品庫があり、寝室には大容量のクローゼットがついている。

それだけでも十分に魅力的な物件だったのだが、最寄駅からも徒歩十分程度と近く、スーパーやドラッグストア、コンビニエンスストアなどの店舗が立ち並んだ明るい大通りに面している立地が防犯上の点から安心だと思ったのがこのマンションを選んだ決め手だった。

洗面所で手を洗いながら鏡に映る自分の姿を見つめた。

心なしか口まわりが緩んでいるような気がするのは、タクシーの中での思いがけないご褒美タイムのせいだ。

「寝起きの顔、可愛かったな……」

タクシーの中でほんの十五分ほど眠っていた最上は、彼のマンションに着く少し手前で目を覚ました。あずさにもたれ掛かっていたことに気付くと「重かった？　悪い」と言って身体を起こし何事もなかったように大きな欠伸をした。

ほんの少し眠っただけなのに最上は随分すっきりとした顔をしていて、別れ際ゆっくり休むよう言うと、

「せっかく滝川にもらったアイデア、忘れないように書き留めてからな」

と白い歯を見せて無邪気に笑った。

「……どこまで仕事バカなんだか」

あずさは風呂の湯張りボタンを押してリビングに戻ると、バッグの中から仕事の資料を取り出してソファに座った。

「私も負けてられない」

子供の頃から文房具が大好きで、将来はどんな形であれ好きなものに携わる仕事ができたらと思っていたが、まさか自分が企画開発の仕事に就けるなんて思ってもみなかった。いわば、この仕事はあずさにとって憧れの仕事だ。頑張らないわけにはいかない。

これまでも既存商品の改良などで爆発的とまではいかないが、自分の携わった商品がヒット商品として注目されたことがある。三年前に出した可愛らしいキャラクターの付箋はＯＬや学生に好評で、大きく売り上げを伸ばした。

一方、最上が企画したスタンドペンケースは、一昨年のグッドデザイン賞を受賞し雑誌などにも大きく掲載された。

あずさの仕事が上手くいくことを一番に喜んでくれるのは最上であり、彼の成功を誰よりも願っているのはたぶんあずさである。互いに認め合い、高め合い――いつまでもライバルと呼べる関係でいたいと思っている。

ピーと風呂のアラームが鳴り、いつの間にか読みふけってしまっていた資料をその場に置いて立ち上がった。

「とりあえずお風呂入ろう」

疲れを引き摺《ず》っていては、いいアイデアは浮かんでこない。あずさはとっておきの入浴剤を入れて湯船に浸かると、静かに目を閉じた。

＊＊＊

あずさが最上と初めて顔を合わせたのは入社式のあとのオリエンテーションの場だった。偶然席が隣り合わせになり、何気なく交わした会話が思いがけなく弾んだことで親しくなった。

その後の新人研修でも何かと縁があり、互いに希望の企画課に配属が決まったときには心からそのことを喜び合った。

始めから最上に対して恋愛感情を持っていたわけではない。当時、あずさには大学時代から付き合っていた恋人がいたし、彼にも恋人がいた。

あずさはそれから一年足らずで恋人と別れることになった。

ちょうどひととおりの業務に慣れ、先輩社員の補佐をしつつ責任のある業務を任されるようになり、恋人との別れは悲しかったが、それ以上に仕事にやりがいを感じるようになってきた頃だった。

最上と同じ案件に関わることも多く、忙しいながらも充実した毎日を送っていた。

そんな生活に変化が起きたのは、彼が付き合っていた彼女と別れたと知った三年前だ。

その頃の最上は、仕事でも酷く調子を落としていて、あずさは彼にどんな言葉を掛けてやればいいのか分からなかった。

随分塞ぎこんでいたが、次第に調子を取り戻し、一層仕事にのめり込むようになった最上の姿を見ているうちに、自分が彼の支えになれたらいいのに……そう思うようになった。

それからは、常に最上の一番になれるよう努力したし、その形は何だってよかった。

ただ、傍にいられれば――それで満足だったはずなのに、いつの間にか欲が出る。

あずさは今年で二十九になる。結婚も含めた将来のことも当然意識する年頃である。このままじゃいられない。けれど、いまの心地よい関係を壊すのも怖い。

「そこ、なんだよね……」

関係がいいほうに変わるのは大歓迎であるが、そうとも限らないのが男と女だ。

そもそも自分が最上にとって恋愛対象になりえるのかさえも怪しい。友人として限りなく上手くいっているからといって、恋人になっても上手くいくとは限らない。

もし、行動を起こして上手くいかなかったら？　いまの心地よい関係が壊れて元に戻れなくなってしまったら？　関係が悪化してしまうくらいなら、このままでいい……そんなふうに思うのもまた本音だ。歳を重ねるごとに臆病になっていく大人の拗らせた想いほど、実に厄介なものはない。

第二章　衝撃の告白

　あずさは社員食堂で少し遅い昼食を取ったあと、併設されているカフェスペースに立ち寄った。昼食のあとにここに立ち寄るのが毎日の日課になっている。

　お昼時には同じように食後のコーヒーを楽しむ社員たちで賑《にぎ》わっているが、少し時間がずれていることもあり、この日はあずさ一人だけだった。

　窓際の席に座り、カフェラテを飲みながらスマホでSNSをチェックする。可愛らしい動物の動画を発信しているお気に入りのアカウントを見るのが仕事の合間の息抜きだ。

「ふふ。可愛い」

　あずさが子猫の動画に夢中になっていると、ふいにカフェスペースのドアが開いて作業着を着た若い男性が掃除道具を片手に入って来た。

　彼はオフィスの出入りの清掃業者のスタッフで、あずさに気付くと笑顔で挨拶をした。

「こんにちは。お疲れ様です」

「あ、お疲れ様です」

「休憩中すみません。清掃入らせてもらっていいですか？」

「もちろんです。お願いします」

あずさが返事をすると、小さく頭を下げながら作業をはじめた男性スタッフは、慣れた手つきでダストボックスのゴミの片付けを始めた。

出入りの清掃スタッフはシフト制で仕事をしていて、日によって顔ぶれが変わる。スタッフのほとんどが三十代から六十代の主婦層の女性で、若い男性という点で彼は少し異質な存在だった。

あずさはスマホを片手に、黙々と作業を進めている若い清掃員の後ろ姿を見つめていた。淡いグレーのつなぎに帽子を被っている彼は、背が高く全体的にスラリとしていてスタイルがいい。

——随分若そうだけど、いくつだろ？　大学生くらい？

彼の姿を頻繁に見掛けるようになったのは、確か春ごろからだった気がする。

じっくりと顔を見たことがあるわけではないが、ぱっと見た感じの雰囲気が最近人気の若手イケメン俳優に似ていると職場の若い女の子たちの間で噂《うわさ》になっていることは知っていた。

すれ違えば必ず彼のほうから挨拶をしてくれて、容姿はイマドキだが、愛想が良くてとても感じのいい若者だとあずさは常々思っていた。

「ねぇ。前から思ってたんだけど……若い男の子の清掃スタッフって珍しいよね」

二人きりだということもあり、あずさが声を掛けると、彼が作業の手を止めて「よく言われます」とはにかんだ。

目深に被った帽子のつばを少しだけ上げてあずさを見た彼は、目鼻立ちがはっきりしていて、爽やかで――なるほど、やはり話題の俳優によく似ているような気がした。

「確かに昼間のスタッフは子育て世代の女性が多いですけど、深夜帯は意外と男性スタッフも多いんです。大型スーパーやパチンコ店なんかは店舗の営業終えた夜間に仕事に入ったりすることもあるので」

そう答えると彼は愛想のいい笑顔をあずさに向けてから、再び作業を続行した。

ゴミを綺麗《きれい》に片付けて、水回りやテーブルを拭いてから最後に床にモップを掛ける。手際もよく、若い男の子ながら決して雑ではない行き届いた仕事ぶりを見てあずさは感心した。

「休憩中にすみませんでした」

ひととおり作業を終えた彼があずさに小さく頭を下げてから言った。少し申し訳なさそうにしているのは、あずさの休憩を邪魔したとでも思っているのだろうか。

「え、全然！　今日は私が遅くなっただけだから。私のほうこそごめんなさい。お掃除の時間に。いつも綺麗にしてくれてありがとう」

あずさが礼を言うと、彼が「いえ」と嬉《うれ》しそうに微笑んでから「じゃ、失礼します」と言ってカフェスペースから立ち去った。

若い男の子特有の輝きに満ちた感じがあずさの目には眩《まぶ》しく映る。そんな彼の姿を見送

りながら腕時計で時間を確認した。休憩時間の終わりが迫っている。

「やばっ、そろそろ戻らないと！」

あずさはスマホと財布を手に慌てて立ち上がると、飲み干したカフェラテのカップを片付けて急いで企画課のフロアに戻って行った。

＊　＊　＊

「じゃ、次。滝川さん。その後インナーバッグのほうは？」

「あ、はい」

名前を呼ばれ、あずさは作成した資料を皆に配り終えると再び席に戻った。

現在、月に二度行われる企画会議の真っ最中。あずさはいま、すでにプリンス事務が出している〝SUKKIRI〟というインナーバッグの改良を担当している。カバンの中身をスッキリさせるという意味の何のひねりもない商品名である。

「従来の世代・性別問わず使えるシンプルなデザインは生かしつつ、これまでにはなかった自立型にすることを考えています。バッグ自体が自立することで、鞄《かばん》の中から取り出してそのままデスクの上に、もしくはそのまま持ち運べるようにより機能性をアップさせることが目的です。サイズ展開も、Ｂ５・Ａ４タイプだけでしたが、バリエーションを増やし、大きめリュックなどにも対応できる縦型のＢ４とさらに小さいサイズのＡ５・Ｂ６を追加し、様々なサイズのバッグに使用できるよう改良できればと考えています。それから、素材についてもクリアなものを新たに採用し、バッグの中身がある程度見えるようにしたいと考えています」

あずさが説明を終えると、企画課のチーフの中堂《なかどう》がこちらを見た。

「確かに、自立型やサイズ展開を増やすのはいい案ね。B5・A4サイズだけだと、小さめの鞄には対応できなくて、結局ビジネスシーンでしか使えないというのではユーザーの幅を狭めてしまうものね」

「ええ、そうなんです。社会人だけでなく、学生や主婦、いろんな層のユーザーを増やすには幅広いサイズ展開は必須かと」

「でも、クリア素材にすると中身が丸見えで使いにくいってことはない？」

「素材については全面クリアというわけではなく、部分的にと考えています。従来の帆布生地が好評なので、それとは別にクリア素材のものを新たにラインナップするかを検討中です」

「あ、それならポケットの部分がクリア素材っていうのも、いいかもな。よく使う小物なんかは中身が見えるクリア素材のほうに入れれば使いやすくなるかも。あとカラー展開に関しては男性が使えそうな色ももっと増やして欲しい」

あずさの一年先輩にあたる藤原《ふじわら》が付け加えた。藤原は現行のバッグの担当者であったが、あずさが彼の仕事を引き継いでいる。

「分かりました。クリアの素材と透け感、カラー展開などはもう一度考えてみます」

あずさが言うと、中堂が「分かったわ」と頷《うなず》いた。

チーフや先輩の賛同を得ることができて、あずさはほっと息を吐いた。これまでも既存商品の改良には何度か携わってきたが、今回任されたインナーバッグはプリンス事務では売れ行きの高い人気商品で、そのぶん気合いも入る。

「じゃあ、次は最上くん」

名前を呼ばれて次に立ち上がったのは最上だ。この間は随分煮詰まっていたようだったが、あのあとどんなアイデアを思い付いたのだろう、とあずさは期待を込めた目で最上を見つめた。

「多機能ペンの新商品として、通知機能付きの新型ペンはどうでしょうか。例えば、会議中や商談中、自らのスマホに何かしら急ぎの連絡が入った場合、状況によってはそれを確認しづらい場面というものが多々あります。そこで思いついたのが、そんな場面で手にしていても不自然ではないボールペンに、スマホやパソコンからの通知がなされるというものので、いち早く内容を確認できるツールとして生きてくると思います」

最上の案に、チーフの中堂が眉を寄せた。

「アイデア自体は面白いと思うけど……」

チーフが眉を寄せた原因は皆分かっている。コスト面でどうか、ということだ。

「俺は最上の案、面白いと思います。実際あったら使ってみたいと思いますね。仕事中なにかしらの筆記具を肌身離さず持っているんで、例えばこうした会議中に持っているペンに通知が来たらその分早い対応ができるんでありがたいですよ」

そう言ったのは、企画課の中堅社員の片岡《かたおか》だ。

「僕もそう考えたんです。確認できるツールが増えることで対応が早くなる。悪くないと思うんです」

最上が片岡の言葉を受けるように言った。

「多機能ペン、プラスアルファの機能ということです。多機能ペンとしては、人気の黒・赤のボールペン二色。電話、メール、ＳＮＳなどの通知がランプで確認でき、ペンの一部分が小さなディスプレイになっていて、用件の確認も可能。スマホやパソコンとはブルートゥースで連携させ……アプリを使うというのも手かもしれません」

「ああ……それ、女性受けもいいかもしれないですよ？」

女性社員の工藤《くどう》が口を開いた。彼女もこの課の中堅どころだ。年齢はあずさと一つしか変わらないが、高卒入社のため勤務歴も長く経験も豊富だ。

「女性はスマホやタブレットをバッグに入れて持ち歩いていることが多いですし、移動中や商談中に手持ちのペンで通知が確認できるとか、便利かも。特に混み合った交通機関のなかでバッグをガサガサするのもはばかられますしね。用件だけでも確認できれば、そのぶん対応も早くなりますし」

皆の意見にチーフの中堂が「確かに」と頷いた。

「まぁ……予算のこともあるし、まだゴーサインは出せないけど、もう少し詰めてみて。その出来によっては上に掛け合うことも考える。あとで、そっち系に強い技術部の人間、最上に紹介する。一度会って話してくるといいわ」

中堂の言葉に最上がほっとした表情を浮かべた。アイデアの段階でダメだとバッサリ斬られることも多い企画案だ。意見を聞き入れてもらえただけまだその企画が生きるチャンスがある。

会議を終えると、すでに午後三時を過ぎていた。

二階の企画課にあるミーティングルームを出て、最上と二人で息抜きがてら五階のカフェスペースにやって来た。ちょうど同じように午後の休憩をしている社員たちが何組かいて、眺めの良い窓際の席で談笑している。

コーヒーマシンから二人分のコーヒーを注いで一つを最上に差し出すと、彼が「サンキュ」とカップを受け取った。

「良かったな、滝川。中堂チーフの反応上々だったじゃん」

「うん。ほっとした！　最上も良かったね。粘ってアイデア考えた甲斐《かい》あったんじゃない？」

「俺のは、良かったっていうのかな？　なんとか首の皮繋《つな》がっただけって気も。片岡さんたちのフォローに助けられた」

「確かに先輩たちが後押ししてくれたのは大きかったかもね。それでも、ボツじゃなくて良かった。アプリと連携させるって案もいいと思うよ。中堂さんシビアだからダメだったらバッサリ斬るもん。改善案次第で可能性は出てくると思う！」

「そうだな」

頷いた最上がコーヒーを一口飲んで顔をしかめたのは、彼が猫舌だからだ。そんな見慣れた仕草に小さく笑う。

「なぁ、滝川。今日、飲みに行かないか？　とりあえずお互いの企画がいい方向に向かってるってことで。プチ打ち上げ的な？」

「あーうん。いいよ。そうだ！　私、この間、行ってみたいお店見つけたんだよね」

以前何気なくランチの店を探していたとき偶然ヒットした店があったことを思い出し、店の名を検索しようとしたが、自分のスマホをデスクに置き忘れてきたことに気付いた。

「ごめん。スマホ、デスクだった」

「店どこ？　なんて名前の店？」

最上が、自分が調べるとばかりにスーツのポケットからスマホを取り出した。

「えっとね。新しく駅の北口の地下街にできた――なんて言ったかな」

「うろ覚えかよ。どの辺？」

「あのね、駅の北口のM銀行の近くの洋風の……確か色の名前がついた創作料理のお店で」

「お！　これじゃね？　グリーンダイニング」

最上がスマホの画面をあずさに見せた。その画面にはあずさが以前検索した覚えのある店の外観が映し出されていた。

「あ、そう！　ここ！」

「はは。色がついた名前って、まんまだな。へぇ……いい感じだな、この店」

検索したサイトで店の写真やメニューを見ながら最上が言った。

「じゃ、場所はここで決まりな。仕事、定時で終わらせろよ？」

「まかせて！」

あずさが答えると、最上が白い歯を見せて笑い、コーヒーを飲み干してから席を立った。


約束通り定時に仕事を終えたあずさたちは、早速お目当ての店に向かった。店に着くと、幸いにも順番を待っているのは一組だけだった。カウンター席ならすぐに座れるということで、待っていた客より先に店の奥に通され、そこから二時間ほど飲んだところで店を出た。

出来たばかりの人気の店ということで、若い世代の客が絶えない店だった。メニューも創作性の高い少し変わった感じのものが多く、もの珍しさであれこれ品数を頼んでみたが、どの料理もとてもおいしかったこともあり二人とも大満足で店を出た。

「おいしかったね」

「ああ。アルコールの種類も多かったしな」

あずさが駅方面に歩き出すと、最上もそれに続いた。六月に入り気温もだいぶ高くなってきているが、夜はまだ上着がないと少し肌寒いくらいだ。

「まだ早いし、今日は電車でいいんだよね？」

「ああ、そのつもりだけど」

普段なら駅の構内を行き交う人も少なくなっている時間帯だが、今夜は週末ということもあり仕事帰りの一杯を楽しんだサラリーマンたちの機嫌のいい声が構内に響いていた。

あずさと最上はそんなサラリーマンたちを横目に改札を抜けて歩いて行く。ホームへと昇るエスカレーターに乗ると、最上が何かを思い出したように急に後ろを振り返った。

「あ、そういえば。今年もブルーマックスのライブツアーのチケット取れたんだ」

「え、本当⁉」

ブルーマックスとは若い世代に人気のアーティストで、あずさも学生の頃からずっと好きで応援しているグループのひとつだ。

入社してすぐに最上が熱心なブルーマックスのファンだと知って意気投合した。その後、最上に誘われて彼らのライブに参加したのをきっかけに、ますますファンになった。

毎年恒例で行われている夏の全国ツアーを楽しみにしていたのだが、ここのところ仕事が立て込んで忙しくしていたせいか、ライブのことはすっかり頭から抜け落ちていた。

「今年も行くだろ？　——と思って勝手にチケット二枚取ったけど」

「ありがとう！　もちろん行く行く！　いつ？」

「八月二十三日。あ、そうだ！　月曜に出たアルバムもう聞いたか？」

「ううん、まだ。もったいないから週末ゆっくり聞こうと思ってて」

「じゃあ。まだ時間も早いし、このあと俺の家で聞きながら飲むってのは？」

「あ、それいい！」

外で飲むのはもちろん楽しいが、時間を気にせずゆっくり飲めるという点では家飲みに勝るものはない。最近は随分と機会も減ったが、同期の仲間数人で最上の家に集まって飲み会を開くことはよくあった。

近くのコンビニでビールやつまみを大量に買い込んで、最上の部屋でたわいのない話をしながら結構な量の酒を飲んだ——のはなんとなく覚えている。


「……滝川、大丈夫か⁉」

頭の上で最上の声がした。

何度も名前を呼ばれてあずさがゆっくりと目を開けると、一瞬視界がぐにゃりと歪《ゆが》んだ。

次第にクリアになっていく視界の中に見慣れない天井とぼんやりとした最上の顔があり、心配そうにあずさを見下ろしている。

「最上……？」

あずさが声を出すと、最上がほっとしたように「よかった」と息を吐いた。

なぜかズキズキと重く痛む頭。あずさが首だけ動かし辺りを見渡すと、自分が彼の部屋のリビングのソファに仰向けに寝かされているのだというのが分かった。

――どうしたんだっけ、私。

「待ってろ。水持ってくる」

最上があずさの視界から消え、離れて行ったのが気配で分かった。その隙にゆっくりと身体を起こしたあずさは、ある重大なことに気付いて思わず身震いした。

あずさはなぜか裸の状態で、大きなタオルケットで身体を覆われている。髪も濡《ぬ》れたままで、肩先に落ちた雫《しずく》の冷たさに「ひゃっ⁉」と声を上げた。

――嘘《うそ》、どうして⁉　これどういう状況⁉

「ちょ……、ええっ⁉」

自分で発した声の大きさに驚いて、あずさは慌てて両手で口を覆った。

待って、待って、待って！

ソファの上に座ったまま頭の中で一人パニックを起こしていると、戻って来た最上に水の入ったグラスを手渡され、そのグラスの冷たさが次第にあずさを冷静にしていった。

「滝川？　大丈夫か？　頭ふらふらしない？」

「え、あ。うん……大丈夫」

「おまえ、湯船で寝てたんだよ。それも三十分近く」

湯船？　最上の家で？　なんで？

いくつもの疑問符が浮かんだが、寝起きでぼんやりとしていた目が覚めて次第に頭が冴《さ》えてくると、少しずついまに至る経緯を思い出してきた。

「そうだ……私、お風呂借りて」

「うん」

彼の家で飲み直すことになって——盛り上がって話し込んでいるうちについ飲み過ぎてしまった。時間も遅くなり終電を逃してしまい「このまま泊まってけば？」と最上に言われてそれに応じた。

出会った頃から色っぽさとは程遠いただの同僚という関係の最上の部屋に泊まるのは初めてではなかった。一般的には健康な年頃の男女が同じ屋根の下で一晩過ごすとなれば、少しばかり色っぽい想像をするかもしれないが、これまであずさと最上の間に男女関係はなかったし、友人の枠を外れることは一度だってなかった。

それは最上が常識のある紳士であっただけなのか、あずさに女としての魅力がなかったのかは分からないが、とにかく「何もなかった」というのが事実だった。

「風呂に入ってったのはいいけど、なかなか戻ってこないし。さすがに心配になって様子を見に行ったら湯船で寝てるし、なにかあったんじゃないかと思ってマジでビビった……！」

最上が本当にほっとしたように、大きく息を吐いた。

「見るからにぐったりしてるし、裸だし——。でも、そんなこと言ってる場合じゃないと思って急いでここまで運んで……」

視線を泳がせながらこちらを見た最上に、あずさは改めて自分の姿の心許なさに気付いて、身体を隠していたタオルケットでさらに身体を覆った。

「ご、ごめん……！」

もう、最悪！　なにやってんの、私！

調子に乗って飲み過ぎて、風呂でのぼせて迷惑を掛けた挙句、好きな男になんの準備もなく裸を晒《さら》すとか——本当に最悪だ。

「言っとくけど、極力見ない努力はしたからな？」

「あ、うん。それは大丈夫。こちらこそ……お見苦しいものをスミマセン……」

自業自得とはいえ、こんなふうに自虐に走らなければとても平静を保っていられそうにない。

口では大丈夫とは言ったが、正直全然大丈夫ではないし、できることなら今すぐこの場から消え去りたい。それが無理なら時間を戻してやり直したい……と思ったが、現実にそれが叶《かな》うはずもないことはあずさも分かっている。

「とりあえず、俺の服貸すから着てろ。風邪ひくし」

最上がすでに用意してくれていた部屋着をあずさの膝の上にそっと置いた。最上は仲のいい同僚を部屋に泊めることも多く、こうしたことにとても慣れている。

「ありがとう……」

「俺も風呂入って来るから、ちゃんと着替えとけよ？　新しいタオルもドライヤーも用意してあるから、髪もちゃんと乾かして。な？」

「うん……」

最上がソファに座ったままのあずさの濡れた髪を、くしゃくしゃとかき回した。

「本当、ただの湯あたりでよかったよ」

「……ごめん」

あまりの恥ずかしさと情けなさに、笑って誤魔化すだけで精一杯だった。

「それにしても。さすがに気を抜きすぎだろー？　俺だからよかったものの、他の男の部屋でこんなことしてみろ。とっくになにかされてたぞ？」

そんな最上の言葉に胸がチクリと痛んだ。

他の男だったら――か。

仮にも一枚のタオルで身体を隠しただけの裸同然の女と部屋に二人きりだというのに、最上は何も思わないのだろうか。

この立場が逆転していたら、あずさはきっと最上を意識せずにはいられないだろう。

「………だから」

「ん？　なにか言ったか？」

「気を抜いてるように見えるんだったら……それは相手が最上だからだよ」

あずさが呟《つぶや》くと、最上が少し驚いたようにあずさを見つめた。

「いくら私でも、最上以外の男の人と飲みに行ったところで相手の部屋に上がり込んだりしない。もちろん、私に女としての魅力がないの分かってるし、自意識過剰だって思われるかもしれない。たとえ相手にそんな気がないって分かってても……常識的な危機意識くらい持ち合わせてる」

口に出して言ってから、しまった！　と思った。

いくらお酒の勢いだとしても、こんな状態で口に出すべきじゃなかった。けれど、勢いづいた感情を止められなかった。

このまま何の行動も起こさないまま、ただの同僚として最上の傍にいることは案外容易いことなのかもしれない。けれど、いつまでも心地いいだけの関係を続けていて何になるのだろう？　ずっと友達として傍にいることを心から望んでいるのならば、それでいい。でも、そうでないのなら――。

この関係をいつまで続けるの？　あと何か月？　あと何年？

周りの友人たちは次々と結婚して子供を産み育て、立派に家庭を築いている。結婚がすべてだなんて思ってはいないが、どんな形であろうとこれからの人生を共に歩んでいく相手を見つけた友人たちを心から羨ましいと思う。

自分も見つけたい。愛し愛され、これからの人生、手を取り合って歩んでいける相手を。

その相手が彼ならいいのにと思っているあずさに、この先いつまでも曖昧な関係を続けて行くのは無理な話だ。

「……私、そんなに魅力ないかな。こんな姿してるのに、最上に指一本触れられないくらい女として終わってる？」

——ダメだ。止められない。こんなこと言いたいわけじゃないのに。

「私って、最上にとってなに？　ただの同僚？　飲み仲間？　趣味仲間？」

次第に感情的になっていくあずさに、最上が困ったような表情を浮かべ、唇を引き結んでいる。

「滝川……どうしたんだよ。酔ってるのか？」

「酔っては……いるよ。でも、冷静だよ」

確かに酔いは残ってはいるが、少し眠ったせいか頭は冴えている。

「私は……最上のこと同僚として尊敬してる。アイデア豊富で一生懸命で——仕事に対する姿勢も好きだし、一緒に仕事できるの楽しいし、嬉しい。だからずっといいライバル同士でいれたらって思ってる」

これは出会った頃からずっと変わらない思いだ。

「友達としても、今夜みたいに一緒に食べて飲んで、たわいのない話して……。最上といるだけで楽しいって思えるの。一緒に笑ってつらいことは分け合って。そんな関係が一番だって思ってたはずなのに……最近変なの。それだけじゃ満足できなくて……」

あずさの言葉に、最上は尚も困惑した表情のまま黙って何かを考えている。

——ショックだった。

同僚として、友人としていい関係を築いていると思っていた。あずさの一方的な感情でなく、最上のほうも何かしら自分のことを特別に思ってくれているのではと感じたのは思い過ごしだったのだろうか。

「本当はなりたいの。ただの同僚じゃなくって、最上にとって特別な――」

回りくどい言葉ではなく、ただ真っ直ぐ彼が好きだと伝えればいいのに、どうしてこんなふうにしか気持ちを言葉にできないのだろう。

依然黙ったままの最上に、さすがにあずさも泣き出してしまいそうな気持ちになっていた。

「ねぇ、最上。なにか言ってよ……迷惑ならそれでいいの。ちゃんと、今まで通りにするから」

気持ちを伝えて上手くいかなかったら――そんなシミュレーションはもう何十回とした。

同じ課で働く同僚とギクシャクするのはお互いのためにならないし、これまで通りに付き合っていくんだと決めていた。最上からどんな答えが返って来ても受け止める……そんな覚悟だけは常にしてきたつもりなのに、沈黙に心が折れそうになる。

長い長い沈黙のあと、目の前の最上がようやく顔を上げたのが気配で分かった。

「――迷惑なんて、思うわけないだろ」

声に弾かれるようにあずさが顔を上げると、そこでようやく彼と目が合った。

「俺だって、滝川のことは大事に思ってるよ。同僚としても、友人としても。けど――」

そこで最上が言葉を切った。黙ったまま唇を噛《か》み、まるで口に出すべき言葉に苦悩しているようにも見えた。

「けど――？」

「友達以上の感情があっても……俺は、滝川と付き合えない」

「どうして？」

あずさが訊《たず》ねると最上が少し迷いを見せながら、やがてあずさを真っ直ぐに見つめて訊ねた。

「滝川は――好きな相手に抱いてもらえないの、耐えられるか？」

「……え？」

「付き合った相手と……彼氏とセックスできないことに耐えられる？」

「それ、どういう……」

セックスできないって、どういう意味？　私とはできないってこと？　それとも、女性とはできない――つまり性的対象ではないってこと？

それならば、付き合う以前の話だ。あずさが思いつく限りの可能性を頭の中でぐるぐる巡らせていると、それに気付いた最上が躊躇《ためら》いがちにではあるが言葉を続けた。

「俺……ＥＤなんだよ」

想像もしていなかった最上の告白に、あずさは思わず言葉を失ってしまった。

ＥＤ……？

あずさが驚いた顔のまま最上を見つめると、彼がせつなげな笑みを浮かべた。

「驚いたよな？　でも、本当なんだ。もし付き合ったとしても、俺は滝川を抱けない。好きな子抱くこともできない男なんて、最悪だろ？」

そう自嘲気味に笑ってゆっくりと立ち上がった最上が、そっとあずさの髪に触れた。

「髪、冷たいな。俺、風呂入って来るから着替えて先寝てな。寝室、使っていいから。俺ここのソファで寝るし」

そう言い残すと、最上はそのまま浴室へと消えて行った。

第三章　拾ったイケメンは最強嫁

「なんて答えたらよかったのかな……」

よく晴れた休日の午後、あずさは部屋の床の掃除機がけをしながら独り言のように呟《つぶや》いた。

酔った勢いで最上に気持ちを伝えて——そこまでは百歩譲ってよしとしよう。問題はそのあとだ。最上の思いがけない告白に、どう答えていいか分からなかった。

あのあとすぐ最上は風呂に入り、あずさは言われたとおり彼の寝室を使わせてもらうことにした。最上が風呂から上がったのが気配で分かったが、気まずさから彼に声を掛けるのを躊躇《ためら》ってしまった。

ベッドに入ってからも到底眠りにつくことはできず、最上とどんなふうに顔を合わせていいかも分からなくて、あずさは翌朝逃げるように彼の部屋から帰って来た。

「……最低だ。逃げ帰って来るなんて」

あずさの告白に対して、彼なりに精一杯真摯な答えをくれたのに——。

あんなこと、最上が言いたくて言ったわけじゃないことくらいは分かる。もし告白を断るだけなら、他にいくらでも言いようがあったはずだ。

『彼氏とセックスできないの、耐えられる？』

最上の言葉を思い出して、掃除機で部屋の隅のゴミ箱を引っ掛けて倒してしまった。あずさは掃除機を止めて小さく息を吐く。

身体だけが男女の繋《つな》がりだなんて思わない。けれど、好きな人に抱いてもらえない――それに耐えられるかという問いに、あずさはすぐに答えを出せなかった。

＊＊＊

週明けいつもどおり出社したあずさは、まず自分のデスクにつくと最上の姿を探した。彼の部屋から逃げるように帰って来た日の朝、黙って帰って来たことについてＳＮＳのメッセージで謝罪はしたものの、やはり直接顔を見て謝りたいと思ったからだ。

普段なら最上のほうが先に出社しているはずなのだが、姿が見当たらない。あずさは隣の席の後輩社員に声を掛けた。

「おはよう、森尾《もりお》さん。ねぇ、最上見なかった？」

「あ、先輩おはようございます。最上さんなら、中堂チーフと上に上がって行きましたよ」

「上？」

「たぶん、技術部だと思います」

そういえば先日の会議で最上の企画案に対して、チーフが技術部の人間を紹介すると話していた。

「そうなんだ……」

早く会って謝りたいと思っていたのは嘘《うそ》ではないが、酔った勢いで自分の気持ちを伝えたうえに、あんなことを聞いてしまったあとだ。さすがに気まずいという気持ちが先に立って、最上の姿がなかったことにどこかほっとしてしまった。

それからあずさは通常通りの仕事に取り掛かったが、最上が戻って来た様子はなく、気付けばいつの間にか昼食の時間を迎えていた。

「森尾さん。そろそろお昼行く？」

「あー先輩、ごめんなさい！　今日は同期とランチ会なんです」

普段なら後輩と社員食堂に行くのだが、後輩は先約があり一人で食堂に向かった。

あずさが昼休憩から戻ってもなお、企画部のフロアに最上の姿はなかった。

よく見ると、社外へ出る際に行き先を記入しておくホワイトボードの最上の名前の欄に、馴染《なじ》みの取引先の名称が書かれている。

夕方になって息抜きに行ったカフェスペースから戻ったあずさは、ようやく取引先回りから戻って来た最上とエレベーター前で顔を合わせた。

外の気温が高かったのか、スーツのジャケットを脱いだ最上の額には汗が滲《にじ》んでいる。

「お疲れ様。いま戻り？」

あずさが声を掛けると、最上もいつもと変わらない笑顔を見せた。

「ああ、お疲れ。そういえば、今日滝川に会うの初めてだな」

声を掛けた時、ほんの僅かなぎこちなさが出てしまったかと思ったが、最上のほうも普段と変わらない返しをくれたことにほっとする。

よかった。いつもどおりだ。

「最上、朝からずっといないんだもん。忙しそうだね」

「例の件で、朝から技術部行ってて。午後から取引先に呼ばれてこんな時間だよ」

そう言った最上がふいに腕を掴《つか》んであずさを廊下の端に引っ張ると、少し声を落として訊《たず》ねた。

「——あのあと風邪ひかなかったか？　悪かったな……その、いろいろ」

最上がきまり悪そうに小さく頭を下げたので、あずさは「違うのっ」と慌てて胸の前で両手を小さく振る。

「私こそ！　ごめん！　迷惑かけた上にあんな——。しかも、最上が寝てる間に黙って帰ったりして」

「ああ。そんなのいいよ、気にしてない。どう考えたって俺が悪いよ。突然あんなこと言われたら戸惑うの当然だって」

「あのね。最上、そのことなんだけど……」

あずさが言葉を続けようとしたとき、「最上、ちょっといいか？」と企画部のフロアから出てきた片岡に声を掛けられて話が中断してしまった。

「悪い、滝川。呼ばれてるから、またでいいか?」

「ああ、うん。また……」

片岡に呼ばれて先にフロアに戻った最上のあとを追うように、あずさも自分の席に戻った。

本当はもう少し最上と話をしたいと思っていた。

あのときは事実をどう受け止めていいか分からずに逃げてしまったけれど、最上に対する気持ちに変わりはないということだけは伝えておきたかったからだ。

とはいえ、どのみち職場でできるような話ではない。あずさはフロアの隅で片岡と話をしている最上の姿を視界の端に留めながら、仕事を再開した。

——大丈夫。さっきだって普段どおりにできてた。

最上とこの先どうなろうと、職場ではちゃんと〝同僚〟を演じられる自信はある。最上への気持ちを自覚してから、これまでだってずっとそうしてきたのだから。

＊　＊　＊

残業で少し帰宅時間が遅くなったこの日は、夕方から雨が降り出した。同僚たちは定時に仕事を終えていて、あずさが企画部のフロアを出たのは八時近くで社内に残っている者はほとんどいなかった。

エントランスを抜け、玄関先の守衛のスタッフに声を掛け職場を出ると、降り続いていた雨は一層激しさを増していた。

「うわ、酷い雨……」

そう呟いて玄関口の屋根の下で持っていた傘を広げると、その玄関口の片隅から大きなくしゃみが聞こえ、あずさは驚いて声のしたほうを振り返った。

見ると、玄関口の端っこにうずくまる人影があり、その背格好や服装の感じから若い男性だということだけは判別できた。

こんなところで何をしてるんだろう？　もしかして、具合が悪いとか？

知らない人間に関わることに躊躇いはあったが、もし具合が悪いようではさすがに放ってはおけないとあずさは恐る恐るその男に呼び掛けた。

「あ、あの……？　どうかされました？　大丈夫ですか？」

あずさの呼び掛けに俯《うつむ》いたままうずくまっていた人影が動いて、ゆっくりとこちらを見上げた。

お互いの顔を確認したその瞬間、見合ったまま「あ」と短い声を発したのは同時だった。

「きみ……！　どうしたの？　こんなとこで」

あずさの口調が少し砕けたのは、うずくまっていた男がフロアでたまに挨拶を交わす若い清掃スタッフだと気付いたからだ。見慣れた作業着とは違う私服姿の彼は一層若く見える。

「どうしたの。具合でも悪いの？」

「いや。具合は悪くないです……けど」

そう答えた彼が気まずそうに目を伏せた。

「けど？」

「あ、いや。いま、ちょっと困ったことになっててどうしようかと考えているところで……」

「困ったこと？」

あずさが訊ねると、清掃スタッフの彼が一瞬視線を彷徨《さまよ》わせたあと言いにくそうに言葉を続けた。

「実は。今夜、行くところがなくて」

彼がぼそっと呟いた。

「――あ、俺！　昼間、住んでるアパートが火事に遭ったんです」

彼の言葉を頭の中で反芻《はんすう》してあずさは目を丸くした。

「ええっ、火事!?」

「ルームシェアしてる友達から火事の連絡もらって、仕事終わって慌ててアパートに駆け付けたんです。鎮火してたのはよかったけど、あちこち水浸しでそりゃあもう酷い状態で……」

「なにそれ、大変じゃない！」

あずさが驚いて声を上げると、彼がそれに気圧されたように「まぁ」と答えた。

「――で。とりあえず、今夜だけでもって何人かの友達に泊めてくれないか当たってみてるんですけど、今日に限って誰とも連絡つかなくて正直困ってて……。ここならとりあえず誰かつかまるまで雨風は凌《しの》げるかと思って」

見ると彼の荷物は大きな黒いリュック一つだけだった。確かにこの雨では行くところを探しに外を歩き回ることもできない。

「住んでたアパートの荷物はほとんど焼けちゃって、着替えすらない状態なんです。実家も遠いし、ネカフェにでも行こうかと思ったんですけど、キャッシュカードとか通帳はアパートに置いたままだったから現金もほとんど持ってないし……ちょっと途方に暮れてます」

そう言った彼が溜息《ためいき》をついたあと、再び大きなくしゃみをした。

一体どれだけの時間、ここにいたのだろうか。よく見ると彼の髪も服も雨で濡《ぬ》れていて、このまま放っておけば本当に風邪をひいてしまいそうに見えた。

あずさは堪らず彼のそばにしゃがみ込むと、バッグの中からタオルを出して彼の髪を軽く拭いた。小さなタオルはたいして役には立たなかったが、何もしないよりはいい。

「あの、大丈夫です。そのうち誰かつかまると思うんで」

「でも……いつまでもこんな格好してたら風邪ひいちゃう。うちでよければ来る？」

あずさが訊ねると、彼が「え？」と驚いた顔をした。

無理もないとは思う。あずさ自身、勢いとはいえ何を言ってるんだとは思っている。

普通に考えればこんな提案はあり得ないとは思うが、あずさにとって彼は一応面識のある相手であったし、非常事態に陥っている彼を見てさすがに放っておくことができなかった。

火事で住んでいるところを焼け出され、頼みの友人もつかまらず、手持ちのお金もない。もし、自分がそんな事態に陥ったらどうしていいか分からず心細さに泣き出しているだろう。

「うち、隣町なんだけど。それでもよければ」

「――ていうか、え⁉　本当にいいんですか？」

あずさの問いに、彼が心底驚いたというように訊ねた。

「仕方ないじゃない、非常事態なんでしょ？　とりあえずの避難ってことで。お友達と連絡取れ次第そっちに行けばいいじゃない。快適とまではいかないかもしれないけど、こんな場所で待ってるよりはマシだと思う」

あずさの言葉に、若い彼が少し躊躇うように何か考え込みながら唇を引き結んだ。

「ほら！　声掛けて事情まで聞いておいて、ふーんサヨナラって帰るのも私的になんかアレだし……。そういう事情で困ってるなら、特別に助けてあげる」

後から思えば、この時のあずさは少しどうかしていたのかもしれない。

自宅マンションに彼を連れ帰る途中のタクシーの中で、あずさはふと我に返っていた。

――よく考えたら、これまずくない？

彼の境遇を不憫《ふびん》に思って、人助けのつもりで連れ帰ることにしたものの、相手はよく知らない男だ。あずさより随分若いということは想像できるが、一体いくつなのだろう？

まさか未成年じゃないよね？

途端に犯罪臭が漂って背筋が冷えるような気持ちになったが、ここまで連れて来ていまさらあとには引けない。

「そういえば、きみ。名前は？　歳いくつ？　大学生？」

タクシーを降りるや否やそう訊ねたあずさに、彼が少し驚いた顔をした。あずさがそのままマンションのエントランスを抜けてエレベーターに乗り込むと、彼もそのあとに続いた。

「あ――峰岸柊《みねぎししゅう》って言います。大学生って……ああ、バイトにでも見えましたか。一応、社会人一年目の二十三歳です」

ということは、清掃会社の新入社員ってことか。彼の言葉にあずさはひとまずほっと胸を撫《な》で下ろした。

「なんだ、二十歳過ぎてるならよかった。勢いで連れ帰って来たはいいけど、きみがもし未成年だったら犯罪案件じゃん！　って頭の中グルグルしちゃってたんだよね、実は」

あずさが思ったままを口に出すと「犯罪案件って」と柊が小さく笑った。三階のエレベーターを降りてすぐ目の前があずさの部屋だ。

「部屋、ここ」

鍵を開けて柊を中に促してから「ちょっとだけ、ここで待ってて」と彼を玄関に足止めしたまま、あずさは先に部屋の中に入りぐるりと中を見渡して整える程度に物を片付けてから玄関先の彼に声を掛けた。

「入って来ていいよ。あれから友達から連絡あった?」

「いや。まだです」

「そっか。とりあえず、そのずぶ濡れの上着脱いでシャワーでも浴びておいでよ」

柊が言われるまま羽織っていたブルゾンを脱いだので、あずさはそれを受け取った。濡れたブルゾンは水分を含んでずっしりと重く、ブルゾンだけでなく履いているジーンズもやはり大半が濡れて色が変わっていた。

「お風呂、こっち。着替え用意しとくから。脱いだ服はそのままで。あとで乾燥機かけてあげる」

柊が素直に返事をして風呂に入ったのを確認すると、あずさは物置代わりに使っている四畳半の和室に入った。部屋の四分の一ほどのスペースに段ボールが積み上げられていて、隅に纏《まと》めて置いてある収納ボックスの中から、男物のスウェットを取り出して風呂場の横に設置されている洗濯機の上に置いた。

「着替え置いとくね。サイズフリーだから着られると思うけど。新品の下着もあるから」

それから再び物置代わりの和室に戻り、押し入れの中から来客用の布団セット一式を引っ張り出した。

「狭いけど、最悪ここに寝てもらえばいいか」

そう呟いてからはっとした。

いやいやいやいや。いいの、これ？　よく知らない男泊めるとか、どうなの？

彼に声を掛けたときは、もちろん人助けのつもりだったが、冷静になって考えてみると、この状況はいかがなものかとも思う。

「ま……大丈夫か」

こちらは若い男相手に多少は意識する部分があるものの、よく考えれば弟とさほど歳は変わらないし、そんな若者から見たアラサー世代のあずさなんてどう考えても〝オバサン〟で、そういう対象になるとも思えない。そもそも、あんな若い男の子相手にそんなことを考えるだけでも失礼だ。

あずさは和室の荷物を隅に寄せて片付けたあと、自分も濡れた服を脱いで部屋着に着替えた。

しばらくして風呂から出た柊があずさの用意したスウェットを着てリビングに戻って来た。

「あの、ありがとうございます。着るものまで……」

「サイズ大丈夫だったみたいだね。よかった」

「あの、これってひょっとして……」

遠慮がちに訊ねた彼の言葉の意味を察し、あずさは慌てて否定した。

「あ、違う違う！　弟の！　四つ離れた弟がいてね。大学がこっちだったから、たまに友達と飲んだあとに泊まってくことあるからそれで」

「ああ……なんだ。彼氏さんのだったらさすがに申し訳ないなって思って」

「お気遣いありがとう。でも大丈夫。残念ながら、ここ何年も彼氏なんていないし」

自虐でもなんでもなく、そう明るく答えてからまじまじと彼を見つめた。

近くでみると、ますます若く見える。仕事中は帽子を目深に被っているため気付かなかったが、こうして間近で見ると全体的なパーツの整った爽やかな塩顔男子で、職場の女の子たちの噂《うわさ》になっているのも頷《うなず》けた。

そのとき、ふいにあずさのお腹が鳴り、そういえば夕食がまだだったことを思い出した。

「あ、きみもお腹空いてるよね？　簡単なものでよければ作るけど、苦手なものってある？」

あずさはそう訊ねながら、リビングからひと続きになっているキッチンに行き冷蔵庫を覗《のぞ》き込んだ。

「いや。好き嫌いはないです。ていうか、すみません、飯まで……」

「あーいいのいいの。どうせ私も食べるからそのついでだもん」

ここのところ仕事が忙しく、まともに買い物にも行けていなかったため、冷蔵庫には僅かな食材しか残っていなかったが、その僅かなものでなんとかするしかない。

結果、あずさは買い置きで大量にストックされていたパスタとトマト缶で簡単な夕食を用意した。

「ごめんね、なんの捻りもなく、本当に簡単なもので」

あずさが小さなダイニングテーブルに柊を促すと、彼が嬉《うれ》しそうに席に着いた。

「いや、嬉しいです」

「正直、料理あんまり得意じゃなくて。でもまずいってこともないと思うから」

誰かに食べさせて特別絶賛されたことはないが、クレームは出ない程度のごく平均的な腕前というだけだ。

柊が両手を合わせて「いただきます」と言ってからフォークを手に取った。一口食べてから勢いづくように黙々とフォークを動かす彼の食べっぷりに安心して、あずさも同じように両手を合わせたあとフォークを手に取った。

「ごちそうさまでした。うまかったです！」

見ると、あずさの皿にまだ半分ほどパスタが残っていたが、柊の皿のパスタは綺麗《きれい》に平らげられて、余り物の野菜で作ったサラダも、即席のスープも、グラスに並々注いだはずのお茶もすべて空になっていた。

「あは。もしかして、相当お腹空いてた？」

「あ、いや……今日一日バタバタしてて、これからどうしようってことで頭いっぱいで不安だったとこに、こんなふうに親切にしてもらって気が緩んだっていうか」

柊が少しはにかんで顔を赤らめながら答えたのを、なんだか可愛いと思った。

「そっか……そうだよね。住むとこなくして大変だったんだものね。ほっとしたらお腹すくよね。ってわけで、もっと食べなよ、若者」

あずさが自分の皿のパスタを柊の皿に半分ほど取り分けると、柊が顔を上げてあずさを見つめたのではっとした。

「あ、ごめん！　私の使い掛けのフォーク嫌だったよね？　私ちょっとデリカシーに欠けるっていうか。つい、弟といるみたいな気分になっちゃって！　悪気はないの、悪気は！」

「いや。全然嫌じゃないです。むしろ嬉しいです。お姉さん――え、と、名前……」

「ああ、ごめん、名乗ってなかった。私はあずさ。滝川あずさ」

「……あずささんの飯もおいしかったし、こんなに親切にしてもらって感謝しかないっていうか」

柊が少し照れくさそうに、あずさを見つめて微笑んだ。

食事の後片付けは、柊が「これくらいは」と買って出てくれ、あずさはその間にゆっくりと風呂に入った。あとから考えれば、よく知らない男を部屋に上げたまま貴重品もそのままに風呂に入るなど、驚くほど警戒心に欠ける行動だとは思ったが、すでにこの時点であずさには柊が悪い人間ではないという妙な自信があった。

結局、あずさが風呂から出たあとも柊のところに友人から折り返しの連絡はなく、やがて深夜を迎え、本当に彼を部屋に泊めることになってしまった。

リビングで寝るか、和室で寝るか、一応柊に訊ねたが、彼は当然のように和室のほうを選び、あずさが用意した布団を自分で敷いて、実に常識的で感じのいい青年という印象を崩すことなく静かに眠りについた。


翌朝あずさが目を覚ますと、キッチンのほうから小さな物音と人の気配を感じた。

——ああ、そうだ。柊くん、泊めたんだった。

昨夜の出来事を思い出して、あずさはゆっくりとベッドから起き上がると、食欲をそそるいい匂いに誘われ寝室を出た。

キッチンには柊がいて、何か料理をしている。やがて、起きて来たあずさに気付くと「起こしちゃいました？」とさほど悪びれる様子もなく微笑んだその笑顔がなんだかとても眩《まぶ》しくて、あずさは何度も目を瞬かせた。

「おはよう。早いね」

「おはようございます。早く目が覚めちゃったんで、朝飯でもと思って。簡単なものですけど」

「……もしかして。昨夜から考えてた？」

あずさが風呂から上がったあと、柊にキッチンを見てもいいかと訊ねられ、言われるまま好きにさせていたことを思い出した。

「いや。なにかできることないかなーって思って。一宿一飯の恩義っていうか」

「若いのに、難しい言葉知ってるね」

「や。じいちゃんが厳しい人で。人に世話になった恩は忘れるなってよく言ってて。とりあえず、いまできることってこれくらいしか思いつかなくて」

若いのに随分義理堅いと思ったが、しっかりとしたご家族に育てられた子なのだろうと思った。見た目は今どきの子という感じなのに、服もさりげなくブランドが取り入れられていて、昨夜の食事の所作なども上品でどこか育ちの良さを感じさせた。

「顔でも洗ってきてください。パンもすぐ焼けるんで。コーヒーは砂糖入れる派ですか？」

「いる。ありがとう」

あずさは素直に頷いて顔を洗って戻って来ると、少しわくわくした気持ちで食卓に着いた。食卓には焼き立ての食パンと、目玉焼き、サラダとコーヒーが並んでいる。簡単なもの、と言ったが、若い男の子がよその家の残りの食材でこれだけのものを用意できればたいしたものだ。

「んー！　おいしそう！」

「そんな大袈裟《おおげさ》です」

「だって、嬉しいんだもん。誰かに作ってもらう食事なんて久しぶりだし」

あずさがふふふ、と笑いながら両手を合わせると、柊が「どうぞ召し上がれ」と少しおどけた笑顔を見せた。

「おいしいよ。ありがとう」

「いやいや、そんな。一晩お世話になってますし。本当、感謝してます」

柊が食事の手を止めて、頭を下げた。

「結局、友達とは？」

「ああ……真夜中に連絡ついて。事情話したら今夜からしばらくそいつのとこに世話に」

「本当⁉　よかったね、とりあえず行くとこ見つかって」

「はい。まぁ、そうはいっても早く住むとこ見つけなきゃなんないですけど」

「確かにね」

大変なのはきっとこれからだ。

食事を終えると柊は後片付けまで済ませてくれて、昨夜のうちに洗濯しておいた服に着替えてリュックを背負った。

「それじゃ、あずささん。本当にお世話になりました」

靴を履いた柊を玄関まで見送りに出た。あずさも仕事だが、普段より少し早く目覚めたおかげでまだ時間に余裕がある。

「今日も仕事なの？」

「はい。あずささんも……ですよね？」

「うん。じゃあ、またあとで会うかもね。なにか困った事あったらまた声掛けてよ。私でできることだったら助けてあげるから」

そんな言葉を掛けてしまったのは、柊が予想以上に好青年だったうえに、一緒にいる時間が思いの外心地よかったせいだ。

「本当にありがとうございました。それじゃ！」

玄関であずさに一礼すると、柊は爽やかな笑顔を残してあっという間に走り去って行った。

「私も支度しなきゃ」

そう呟いた声はなんだかいつもより明るく響いた。

その日、職場でほんの一瞬だけ廊下で柊を見掛けたが、普段と変わらない様子で仕事をしている姿にあずさはほっと胸を撫で下ろした。

昨日は本当に大変だったのだろうが、あずさの助けがほんの少しでも彼のためになったと思えば嬉しいし、元気に仕事をしている姿を見られただけで安心した。

＊＊＊

昨夜は残業で帰りが遅くなったことから、今日は定時退社をするため終業時間に合わせてきっちりと仕事を終えた。仕事は好きだが、効率よくするのがモットーだ。残業する日もあれば定時に帰るときもある。そのメリハリはしっかりつけたい。

「お疲れ様です。お先です」

あずさが同僚に声を掛けて席を立つと、周りの同僚たちも「もうこんな時間」と言ってその仕事に切りを付け始めた。

背中合わせのデスクに座る最上はまだ取引先と電話中で、最近は新作の多機能ペンの件で技術部に入り浸ることや、外に出ていることが増えたが、相変わらず精力的に仕事をしている。

あれから最上とゆっくり話せてはいないが、表面上はこれまでどおりだ。

「そういえば、冷蔵庫ほとんど空だったな。買い物して帰らなきゃ」

そう呟いて職場を出ると、大通りに出たところの角にあるコンビニエンスストアから偶然柊が出てくるところを目撃した。

声を掛けようかと思ったが、二車線の大通りは車の往来も激しく、ここからでは声が届くとも思えない。歯痒《はがゆ》さを感じながらあずさが彼の姿を目で追い掛けていると、彼が信号を渡りコンビニの向かいにある緑地公園に入って行くのを見て不審に思った。

「え。なんであんなとこ……今日は友達のとこに行くって言ってたよね」

そう小さく呟いて、あずさはやがて青信号に変わった横断歩道を渡り、彼が入って行った公園へと足を向けた。

公園の周りは緑が豊富で、その敷地の真ん中には大きな噴水がある。ベンチや小さな子供が遊べる遊具なども設置されていて昼間は市民の憩いの場となっているが、日も落ちて辺りが薄暗くなりつつあるこの時間帯に柊がそんなところに向かう理由が気になった。

見上げた空の色が夕焼けの橙《だいだい》と夜の藍色が混ざり合ったグラデーションに染まっている。

思った通り、日暮れあとの公園は犬の散歩をしている人がちらほら歩いている程度で、閑散としている。あずさは辺りを見渡して、柊の姿を探した。

「どこ行ったんだろう……」

あずさは確かに公園の中に入って行く彼の姿を見ている。昨夜と同じ服に黒いリュックを背負っていた。あの格好を見間違うはずがない。

少し風が出て肌寒くなってきた公園内をしばらく探し歩いていると、中央の噴水の近くのベンチに一人ぽつんと座る柊の姿を見つけた。

何をしているんだろうと、あずさは少しの間その様子を窺《うかが》っていたが、そこから動き出す気配のない柊の元へ向かってゆっくりと歩き出した。

「なにしてるの、こんなとこで」

あずさが近づいて声を掛けると、柊が驚いたように顔を上げた。

「え？　あずささん、どうして……」

「どうしてじゃないわよ。そっちこそ、なにしてるの？　今日は友達の家に行くんじゃなかったの？」

あずさの問いに、柊が気まずそうに目を泳がせた。

「もしかして……連絡ついたってのの嘘？」

「あ、いや。連絡ついたのは本当です。夜中に連絡くれたんですけど、そいつ一カ月くらいまえから付き合ってる彼女と同棲《どうせい》始めたらしくて……。さすがに、そこに世話になるってのは……」

確かに彼が友人に申し訳なく思う気持ちも分かる。実際に仲のいい友達がいたとして、友達にも事情があるし、しばらくの間世話になるというのは現実的には難しいのかもしれない。

「――で？　こんなところでどうするつもりだったの？」

「ベンチもあるし、コンビニで飯も買ったし、一晩ここで過ごそうかと……」

そう答えた柊に、あずさは盛大な溜息をついた。

「バカね。こんなところで寝たらそれこそ身体どうかしちゃうわよ」

あずさは呆《あき》れたように言って、ベンチに置かれた彼のリュックを摑んで彼の膝の上に乱暴に押し付けた。

「実家は？　遠いの？」

「電車だと一時間ちょっと掛かります。明日も仕事だし、事情があって……その、いま実家に戻るわけにはいかなくて……」

確かに電車で一時間くらいなら通勤できないほどの距離ではない。なのに、こんな非常時に家に帰るのを躊躇うのには余程の事情があるのだろうか。

彼の抱える事情が気にならなかったと言えば嘘になるが、顔見知り程度のあずさにあれこれ聞かれるのも嫌だろうと思い、今日のところはそれ以上深く訊ねるのはやめにした。

「ほら。行くよ？　荷物持ってあげるほど親切じゃないから自分で持って来て」

「え？」

「〝え〟じゃない。さっさと立つ！　私、これから買い物しなくちゃいけないの。荷物持ちについて来て」

あずさの言葉の迫力に驚いたのか、柊がリュックを抱えしゃきっと立ち上がった。

「あの、あずささん……？」

意図が分からず戸惑っている柊に、あずさは優しく笑い掛けた。

「今夜もうちに来たらいいじゃない。この際一晩も二晩も変わらないよ」

「――いいんですかっ⁉」

「仕方ないじゃない。行きがかり上一度拾った子をこのまま放り出せないもの。住むとこ見つかるまでうちにいたらいい。その代わりなるべく早く見つけてね」

「も、もちろんですっ！　ありがとうございます！」

どうしてこんな提案をしてしまったのだろうか。

一晩だけならまだしも、住むとこが見つかるまでなんて――我ながらお人よしにも程があると思ったが、なぜか彼を見ていたら言葉が口をついて出てしまった。それは、昨夜一晩世話しただけのこの青年が、思いの外常識人で、共に過ごした時間が心地よかったせいだ。

再び彼をこの部屋に連れ帰るなんてこと、想像もしていなかった。

　昨夜とまるで同じ服を着た若い男を連れ帰ることにものすごいデジャヴを感じたが、昨夜と違うのは柊がずぶ濡れではないことと、途中で食料品などの必要なものを調達して帰ってきたことだ。

「とりあえず、ルールを決めないとね」

　そう言ったあずさに、柊が抱えていた荷物をリビングに運びながら返事をした。

「私がもともと住んでるこの部屋に、あなたが当面の間だけ住むっていうだけだから家賃とか光熱費とかは気にしなくていい。リビングとかキッチンとかお風呂場とかの共用部に関しては自由に使ってくれていいし、洗濯や冷蔵庫の中の物もご自由に。ただし、冷蔵庫の中身はどうしてもってものに関してはお互い名前を書いておくってことでどう？」

「……分かりました。助かります」

「きみの部屋は――昨夜使ってもらった和室でいい？　物置代わりに使ってる部屋だから、荷物いっぱいで少し狭いかもしれないけど、邪魔だったら多少寄せたりして好きに使ってもらって構わないから」

　そこまで一気に言ってあずさは大きく息を吐き出した。

「とりあえず、お腹すいたね。ご飯作るわ」

　あずさがキッチンに立つと、柊が帰りに買って来た食材をキッチンへと運んでくれた。

「なに作るんですか？　手伝います」

「ありがと。今日は簡単にカレーでも作ろうかと」

「いいですね。俺、野菜切りますね」

そう言って買って来たばかりの食材をスーパーの袋から出した柊が、手際よく野菜の皮を剝き適当な大きさに切っていく姿を横目で眺めた。

「今朝も思ったけど、上手だね。料理、普段からしてる？」

「はい。それなりに。あずささんは、基本自炊ですか？」

「ああ、うん。でも仕事が忙しい時期は帰りが遅くなるし、コンビニでお弁当買って済ませちゃうことも多いよ」

「あ、肉炒《いた》めていいですか？」

話しているうちに、柊のほうがさりげなく調理の主導権を握り始めた。慣れた手つきで肉や切った野菜を炒めていく鍋さばきは、かなり料理に精通している上級者のようだ。

「──あの、もしよければなんですけど。ここに居させてもらう間、俺が飯全般やりましょうか？」

昨夜は随分と恐縮していたが、あずさとの距離感に少し慣れたのか柊が幾分リラックスした柔らかい口調で訊ねた。

「え？」

「俺、普段六時には仕事終わるし。お礼になにかできればって思ったんですけど……。他

にも掃除は仕事柄得意分野だし、いままでも一緒に住んでた友達のぶんもやってたんで苦にはならないし、あずささんが嫌でなければ家事全般任せてもらっても」

「嫌……じゃないけど。負担じゃない？」

「俺がやりたいんです。寝床を提供してもらう代わりに、俺は労働……つまり家事で返す。いわゆるギブアンドテイクです。正直言うと、なにかさせてもらえたほうが俺の気も楽なんで」

そんな話をしている間に、柊が鍋に水を入れて火加減を調整する。いつの間にか料理のほとんどを柊にやってもらっていることに気が付いた。

「ふふ。ほんと義理堅いんだね。分かった、食事の支度は任せる。掃除はとりあえず気になったほうが……って感じで。洗濯は個々でする感じでいい？」

「分かりました」

曖昧かつざっくりとした決め方だとは思ったが、そう長いこと彼がこの部屋に住むわけでもない。ほんの数日かもしれないし、一週間程度のことかもしれない。お互いがそこそこ気持ちよく過ごせることが大事だ。

洗濯を個々にと提案したのは、さすがに彼に自分の下着を洗われたりするのを避けるためだ。こんな若い男の子に三十路女のくたびれた下着を洗わせるなんて申し訳ないことはできない。

「お。いい感じに煮えて来ました。あずささん、ルウあります？」

「うん。今出すね」

あずさは冷蔵庫を開け、使い掛けのカレールウを取り出して柊に手渡した。


夕食を終えると、昨夜と同じように柊が後片付けまで引き受けてくれたので、あずさはその間に風呂掃除をしてリビングに戻って来た。

後片付けはすでに済んでいるようで、柊がキッチンでコーヒーを用意してくれていた。

「はい、どうぞ。砂糖は入れときました」

「ありがとう」

コーヒーを受け取ってダイニングテーブルにつくと、柊もその向かいに座った。若いのに本当に気が利くというか、頼んだ食器の片付けも完璧だったし、居候を置いているというよりは有能なハウスキーパーを迎えた気分だ。

「その……いろいろしてくれるのありがたいけど。あんまり気使わなくていいからね」

あずさだって一人暮らし歴は結構長い。家事も特別好きなわけではないが、そこまで嫌いというわけではない。これまでだってひと通りのことはやって来たし、家事のすべてを彼にやってもらおうと考えているわけではない。

「いや。コーヒーは俺が飲みたかったから。そのついでです」

「そ？　なら……いいんだけど」

あずさが言うと、柊が人懐っこい笑顔を見せた。

第四章　最強嫁は羊の皮を被った狼

柊があずさの部屋に寝泊まりするようになって一週間が過ぎた。

初めて泊めた日はそれこそ遠慮がちで、借りて来た猫のようであったが、次第に生活に慣れてきたようであずさのまえで随分とリラックスした表情を見せるようになった。ガチガチだった敬語口調も、ここ数日でかなり砕けたものになってきた。

朝起きるとすでに柊が先に起きていて、家を出るのも帰るのもあずさより早い彼が毎日食事の準備をしてくれている。

「ただいまー」

玄関を開けると決まっていい匂いがして、エプロン姿のイケメン男子が笑顔で出迎えてくれる。

「おかえり、あずささん。飯、ちょうど出来たとこだよ」

「やった！　お腹ペコペコ」

まるで、とてつもなく出来のよい嫁をもらった気分だ。

顔よし、器量よし、家事全般のスペックが高く、家に帰って誰かに出迎えられるという生活から随分と遠ざかっていたあずさにとって、柊の存在自体が癒しとなっている。

実際、この一週間の間、柊との生活を不便に感じることはなかった。見知らぬ……というほどでもないが、ただの顔見知り程度の面識しかなかった若い男を一緒に住まわせているというのに居心地の悪さを感じることがないのだ。

それはたぶん、柊が極めて紳士的であるからだ。一般的には年頃と呼ばれる男女が同じ屋根の下で生活している、いわゆるドキドキイベント発生中だというのに、彼からそういった気配を感じることもない。

あずさと柊には六歳という年齢差があり、こちらが多少彼を意識しようとも、柊にとってあずさが対象外であると考えるのが正しいのかもしれないが、実に潔いほど何事もなく平穏な同居を続けている。

「わぁ！　おいしそう、これなに？」

「鶏肉と蓮根《れんこん》のクリーム煮。あとカボチャのサラダと絹さやのスープ」

「柊くん、私よりよっぽど家事力あるね！」

「言ったでしょ、料理は得意だって。友達とルームシェアしてた時も俺が好きでしてたんだ」

「なんてできた嫁……！」

「嫁って……」

柊が何とも言えない表情を返した。

「さ。温かいうちに食べよう。早く手洗ってきなよ」

彼に言われて慌てて手を洗って食卓につくと、柊が麦茶のポットとグラスを用意して席に着いた。

二人揃《そろ》って両手を合わせ和やかな食事を済ませたあとは、一緒に後片付けをする。食事の支度をほとんど柊に任せてしまっている手前、片付けくらいさせてほしいとあずさは言ったのだが、柊が譲らず、結果二人でということに落ち着いた。

片付けを終えた柊が、慌ただしく荷物を纏《まと》めて玄関先で上着を羽織ってから靴を履いた。

「じゃあ、あずささん。帰りは遅くなるからしっかり戸締りして先に寝てて」

「うん、気を付けてね。鍵持った？」

「持った。じゃ、行ってきます」

柊が手に握りしめていた部屋の鍵と自転車の鍵の両方をあずさの目の前で軽く揺らしてリュックのファスナー付きのポケットにしっかりとしまうと、ドアを開けて出て行った。

柊の主たる勤務先はあずさの勤めているプリンス事務だが、週に一度か二度、夜間に市内の大型商業施設の閉店後の清掃作業に行っている。

入社間もない新人の柊は、多くの現場の経験を積む研修の一環としてシフト制でいくつかの現場を担当していると聞いた。以前から担当していた現場だったようで「仕事場が近くなってラッキーだ」と喜んでいた。

柊の通勤にはあずさの折り畳み自転車を使ってもらっている。男性とはいえ深夜の帰宅は心配だし、少しでも早く帰るには自転車を使うのがいいとあずさが勧めたのだ。

柊に言われたとおりしっかりと戸締りをしてリビングに戻ったあずさは、仕事用の資料をバッグの中から取り出してさっそくテーブルの上に広げた。


翌朝目覚めると、あずさはベッドの中にいた。

昨夜リビングで仕事をしていたのは覚えているが、自分でベッドに入った記憶はなく、あずさが首を傾げながらのそのそと起き出すと、リビングのテーブルの上には昨夜広げた仕事用の資料がそのままになっていた。

「……柊くんに悪いことしたな」

きっと昨夜仕事から帰った柊が、リビングで寝てしまったあずさを部屋まで運んでくれたのだろう。

すでに陽が高いのか、カーテンを閉めたままでもリビングは明るく、壁掛けの時計を見ると案の定午前十時近かった。あずさが休みの日でも柊が先に起きていて、ダイニングテーブルの上に朝食が用意されているのだが、確か今日は彼も仕事が休みだと言っていた気がする。きっとまだ寝ているのだろう。

あずさは物音を立てないようリビングのカーテンを開けて、電気ケトルをセットした。テーブルの上に広げられたままの資料を片付けてから、お湯が沸くのを待ってコーヒーを入れた。

朝食でも作ろうかと思い冷蔵庫を開けたが、柊が何時に起きるかも分からない。そんなことを考えているうちに、柊が使っている和室のほうで物音がした。

——起こしちゃったかな。

しばらく様子を窺っていると、和室の引き戸がゆっくりと開いて、まだ半分寝ているんじゃないかと思うような寝ぼけ眼の柊がのっそりと姿を現した。

「おはよ」

「……おはようございます」

「昨夜ごめんね。柊くんが、部屋まで運んでくれたんだよね？」

「あ……うん。帰ってきたら、あずささんそこのソファに寄り掛かったまま寝落ちしてたから」

「ごめん、ほんと。重かったでしょ」

「や。全然……」

目をこすりながら、返事をした柊をまじまじと見つめてあずさは思わず吹き出した。

少し首元が伸びたティーシャツとスウェット姿に、まるで爆発したようにあちこち飛び跳ねた髪。いつもは柊が先に起きているため、彼のこんな姿を見るのは初めてだった。

「柊くんってば、すごい寝癖！　朝、いつもそんな感じなの？」

柊が頭をゆっくりと左右に傾けると彼の爆発した髪がフワフワと揺れ、それがなんだか妙にツボにはまってあずさはますます笑ってしまった。

――可愛いなぁ。

柊の年があずさの弟ほどということもあり、つい姉目線で見てしまう。弟とは仲がよく、成長して多少生意気になってもやはり可愛いままだが、柊は実際の弟とはまた違った可愛さがある。

「柊くん、今日ってこれからなにか予定ある？」

あずさが訊《たず》ねると、柊が依然眠そうな顔のまま小首を傾げた。

「や。特には……」

「ねぇ、お腹空かない？」

「……あ、はい。結構いい時間だし。てか、すいません……今日朝飯」

柊が壁掛け時計を見ながら言った。

「いいよ、休みの日くらいゆっくりしてて。お腹空いてるんだったら、このままブランチでも行かない？　近所にオススメのパン屋さんがあるんだ。クロワッサンがすごくおいしいの！」

あずさの提案に、柊が「いいですね」と柔らかな笑顔でフワフワした頭を揺らした。

「んー、うまっ！　なにコレ⁉　すげぇサクサク！」

「でしょう⁉　これ絶対柊くんも好きだと思ったんだよね。シンプルなのもいいんだけど、中にキャラメルチョコが入ってるこっちもお勧めなんだよ」

そう言ってあずさは自分のランチプレートの上のパンを柊のプレートの上にそっとのせた。

三十代半ばの若い夫婦が経営しているお洒落《しゃれ》なパン屋のイートインスペースで、柊と向かい合って食事をしながら、あずさは口元を緩ませた。若くて可愛らしい男の子がおいしそうに食べ物を頬張る姿は、見ているこちらも幸せな気分になる。

店内の同じイートインスペースでランチをしている若い女の子たちが、そんな柊をちらちらと見ているのに気が付いた。背が高くスタイルもいいうえに顔立ちも整った柊は、本人にあまり自覚がないようだが、かなり目立つ。

「うわ！　こっちのチョコ入りのもめちゃくちゃうまい！」

「うん。気に入ったなら追加でいくつか買って行こう。明日の朝食用に」

「やった！」

そう言って笑った柊が、ふと顔を上げてあずさを見つめると、こちらに向かって腕を伸ばし、躊躇《ためら》いもなく唇に指で触れたのに驚いてあずさは瞬きを繰り返した。

「え、なに？」

「パンくず」

「ええっ、ついてた？　いい歳して恥ずかしい……」

「歳は関係ないでしょ。クロワッサンってどう食べてもポロポロなるし」

そんな端から見れば恋人同士のようなやりとりをしていると、背後から「恋人同士かな？」と「まさか！　姉弟って感じじゃない？」という囁《ささや》き声が聞こえてきた。

柊がそれに気付いていないのをいいことに、あずさは聞こえないふりを決め込んで自分のコーヒーにたっぷりのミルクを注いだ。

恋人に見えるわけないのは分かっているが、悪い気はしない。

柊みたいな若くてカッコイイ男の子が、自分のような三十路女とどうこうなんて誰も思うはずがないのだ。だからこそ、姉弟のように見えるポジションも悪くないと思っている。


食事を終えて店を出ると、買い物に行きたいと言った柊に付き合った。

思えば柊を部屋に置くことを決めた日に、彼用の下着とほんの少しの着替えを買っただけで、まだ生活に十分なほどの服が揃っていなかったため、不便な思いをしていたのかもしれない。

若い彼が一体どんなところで買い物をするんだろうと思っていたが、通り沿いにあるロープライスの量販店で着回しの利きそうな服を何着か選び、あっという間に買い物を終えた。

「買い物ってそれだけでいいの？」

「ああ、うん。とりあえず着れるものがあればいまは十分。あんまり物増やしても、出てくとき大変だし。とりあえず、月末まではあずささんのところにいてもいいかな？　貯金もそんなにないし、給料入ってからじゃないといろいろ厳しくて」

「それは、もちろんいいけど……」

そう返事をしつつ、ああそうか、と思った。

この一週間で柊と過ごす生活に慣れた気がしていたが、彼がいつまでもあずさの部屋にいるわけではないのだ。

「一応、部屋探しはしてるんだ。住んでみたら、この辺結構便利だよね。駅も近いし、スーパーとかホームセンターとか生活密着型のお店も多いし。この近くで探すのもいいかなって思ってたりして」

「あ……うん。それも、いいかもね」

柊が言った月末まではあと十日ほど。それまでに新しい部屋が見つかれば、当たり前だが彼があずさの部屋を出て行くんだという事実を少し寂しいと感じた自分に驚いた。

＊　＊　＊

普段は徒歩で帰る駅からの道を今夜は歩く気になれずタクシーで帰宅した。マンションを見上げると、すでに部屋に明かりが点いている。柊が部屋にいるということだ。

部屋に入ると出迎えてくれた柊の「おかえり」という言葉に「ただいま」と力ない返事を返し、あずさはそのままリビングのソファにうつ伏せで倒れ込んだ。

「はぁ……疲れたぁ……」

今日は遠方で文具メーカーの展示会があり、先輩の藤原に同行したあずさは普段より随分遅い帰宅となった。

「遅くまでお疲れさま。ほら、あずささん。スーツ皺《しわ》になるから脱いで。疲れたなら先にお風呂入ってきたら？」

「……うん。分かってるんだけど、五分だけこのまま」

そう答えて力を抜いたあずさに柊が小さな溜息《ためいき》をついてから、うつ伏せたままのあずさのスーツのジャケットだけを器用に脱がして腕に抱えると、そのままソファの端に腰を下ろした。

「相当お疲れみたいだね」

「うん。こんなに歩いたの久しぶりだから足パンパン。おまけに、大荷物持って移動繰り返してたから肩も腰もヤバイ……」

「だったら、なおさらお風呂入って来なよ。それでも疲れが取れなかったらマッサージしてあげるし」

確かにこのままソファにうつ伏せていたら本気で動けなくなってしまいそうだと、あずさはゆっくりと起き上がると、のろのろと歩いて風呂場に向かった。

時間を掛けて湯船に浸かり、風呂から上がると幾分身体のだるさが楽になっていた。

リビングで待っていた柊が「ご飯どうする？」と訊ねたので、「もちろん食べる！」と答えてキッチンに入った。あずさが食事を温め直している間に、柊がご飯をよそい、お茶の準備をしてダイニングテーブルに並べる。このあたりの連携もいつの間にか自然としっくりくるようになって、ますます柊との生活が日常に馴染《なじ》んでいるのを実感する。

「いただきます」

あずさが手を合わせて箸を手に取ると、柊がその様子をにこにこと眺めている。今夜の夕食はあずさの好物の和食づくしだ。優しい味わいに心が癒される。

「はー、沁《し》みる……っ！　柊くんのおいしいご飯と癒しオーラが沁みまくる！」

「はは。なにそれ」

「なんか私ヤバイかも。ずっと一人だったから、お家に帰ってきたら柊くんみたいなイケメン男子がご飯作って待っててくれるとか最高過ぎて、この生活から抜け出せなくなりそうで怖い」

そう言うと、柊が一瞬驚いた顔をしてあずさを真っ直ぐ見つめた。

「ん？　どしたの？」

「あ……いや。そんなふうに言ってもらえると、自分に都合よく解釈しそうになるっていうか」

「え？」

「あずささんにとって……いまの俺ってそこまで迷惑じゃないの？」

柊の言葉に、あずさはきょとんとしながらも頷《うなず》き返した。

「あ、うん。迷惑っていうより、どっちかっていうと……ありがたい？　ていうか、私が一方的に甘え過ぎちゃってるからね！　ほら、家のことかなり任せちゃってるし。寝床提供してるだけなのに、こんなにいろいろしてもらって逆に申し訳ないなーとは思ってる」

「だったら……」

そう言ってテーブルを挟んだ向かい側に座った柊が食い気味に身を乗り出した。

「月末までっていう約束、もう少しだけ伸ばしてもらうことできる？」

「え？　……私はいいけど。どうかしたの？」

「あずささんの親切につけ込むようで言い出しにくかったんだけど……次に住むとこ決めるにしても、諸々諸費用が掛かるでしょう。まえにも言ったかもしれないけど、貯金もほとんどないし、その諸費用工面できるだけの金額が月末までに用意できるかっていうと実際ちょっと厳しくて……」

「ああ」

確かに、礼金や敷金といった諸費用は掛かって来るし、それが用意できたとしても、それとは別に当面の生活資金だって必要だ。柊がどの程度の収入があるのかは分からないが、新卒の給料なんてたかが知れている。彼の現状もある程度は想像がつく。

「そっか……そうだよね。だったら、資金用意できるまでここにいたらいいじゃない。せいぜい数カ月のことでしょう？　私は柊くんがここにいづらいんじゃないかと思って、早く出て行けるならそのほうがいいんだろうなーって思ってただけだし。柊くんが嫌じゃないんなら、少しくらい長引いても全然問題ないけど……」

「本当に……？　俺のこと迷惑じゃない？」

柊があずさの本心を探るように遠慮がちに訊ねた。

彼が期間限定の間借りという状況であるために、最初の約束で家賃や光熱費などはもらっていないが、食費については少しだけ負担してくれている。彼の為に新たに何か買い足すこともなかったし、経済面でも柊との生活に負担を感じることなどなかった。

「うん。迷惑ではないよ」

「本当の本当に？　無理してるとかじゃなくて？」

「うん、してないしてない。むしろ助かってる！」

あずさが答えると、柊があずさの手を摑《つか》んでそのままぎゅっと握りしめた。

「やった‼　うれしいよ、あずささん！」

そう言って白い歯を見せた柊の笑顔が国宝級に尊くて、こちらのほうが年甲斐《としがい》もなくドキドキしてしまった。

＊　＊　＊

柊との同居を始めて一カ月ほど経った七月半ば。季節はすっかり夏になっていた。先週ようやく梅雨が明け、いよいよ夏本番という感じで外の気温も日ごとに上昇している。

「あずささん、今日って仕事遅くなる？」

柊が用意してくれた朝食を食べているあずさに、先に朝食を済ませて出掛ける準備を整えた柊が訊ねた。

「え？　たぶん定時に帰れると思うけど……どうかした？」

「じゃあ、仕事終わったら近くで待ち合わせしない？　付き合って欲しいとこあって」

「いいけど。どこ行くの？」

あずさが訊ねると、柊がいつも持ち歩いている黒いリュックのポケットからチケットのようなものを取り出してダイニングテーブルの上にそっと置いた。

「なぁに？　映画のチケット……あ、これ私も観たかったやつだ。どうしたの？」

あずさはそのチケットを手に取って柊を見上げた。

「職場のパートさんが知り合いにもらったらしいんだけど、自分はいらないからって俺にくれて。二枚あるし、よかったらあずささんどうかなって思って」

「いいけど……私でいいの？」

柊の誘いに特に深い意味はないと分かっているが、敢えて訊ねたのは相手が自分でいいのかと思ったからだ。映画自体が話題の人気作品だったというのもあるが、若い柊なら他に誘う相手がいてもよさそうだとあずさなりに気を回したつもりだった。

「え、いいに決まってるじゃん。だから誘ってんのに。せっかくだからたまには外で飯食わない？　俺、奢《おご》るし」

そう言った柊の屈託ない笑顔に他意は感じられず、あずさは素直に返事をした。

「いいよ。じゃあ、仕事終わったら連絡するね」

そうして定時に仕事を終えたあずさは、先に仕事を終えて職場の近所にある書店で時間を潰していると連絡してきた柊の元へ向かった。

夕方の書店は学生や仕事帰りの人々で混み合っていたが、中を見渡すと雑誌コーナーのところで立ち読みをしている柊をすぐに見つけることが出来た。背が高いというのもあるが、見た目もスタイルもいい彼はやはり目立つ。

「おまたせー！　ごめん、待った？」

「俺もちょっとまえに来たとこ。映画の上映時間調べたんだけど、次が八時台だったから先になにか食べに行かない？　俺、お腹すいちゃって」

「いいね！　私もお腹ペコペコ。なに食べたい？」

今日はバタバタしていて昼食の時間があまりとれなかったこともあり、どちらかといえばガッツリ食べたい気分だ。

「映画館の近くに安い焼き肉屋あるんだけど、安い割にうまくて。どう？」

「焼肉――」

「気分じゃない？」

「いや。ちょうど食べたかったから柊くんとは本当に気が合うなって」

あずさの答えに柊がふっと表情を緩めて「やった！」と小さなガッツポーズをした。

彼とは食の趣味というか何か食べたいと思うタイミングが恐ろしいほど合うことがある。

　普段彼が用意してくれる夕食も、まるであずさの心を読んだかのように食べたいと思ったものがドンピシャなタイミングで用意されていることが何度かあった。理由を訊ねたことがあったが、「俺が食べたかったから」というなんともシンプルな返事が返って来て、そのことに妙な特別感を感じたものだった。

　柊に案内された店は、映画館のある大通りから一本奥に入った細い路地沿いにあった。テーブル席と座敷席がそれぞれ四席ほどの家庭的な雰囲気の店だ。

「あずささん、なに飲む？」

「どうしよう。焼肉といえばやっぱりビールだよね。このあと映画だけど一杯だけ飲んでいいかな？」

「もちろん。俺はウーロン茶で」

「飲まないの？　あ、そういえば家でも飲んでないよね？　柊くん、お酒ダメなんだっけ？」

「ダメってわけじゃないけど、弱いんだよね」

「そうなんだ……」

「料理、適当に頼んでいい？　あずささん嫌いなものなかったよね」

　同居を始めてから食卓事情に関しては柊に任せきりだ。あずさの好き嫌いはすでに把握されていることに対して、自分は柊のことをあまりよく知らないということに気が付いた。

「乾杯ー！」

運ばれてきたドリンクを手に互いのグラスを鳴らした。

「こうやってあずささんと外で食事するの、まえにブランチ食べに行って以来だね」

「確かに。柊くんがいつもおいしい夕食作ってくれてるから、ここ最近外で食べたいなんて思ったことなかった。お家ご飯がおいしいってマジ最高！」

あずさがビールをグラスの半分ほどまで飲んで満足げに息を吐くと、柊が「ははっ」と嬉《うれ》しそうに微笑んだ。

その間に網の上に乗った肉の焼き加減を見つつ、こまめにひっくり返してくれたり、サラダを取り分けてくれたりと至れり尽くせりだ。

「あずささん、俺の作った飯おいしそうに食べてくれるから作り甲斐あるんだよね」

「柊くんのおかげで太っちゃった！　最近、スカートきつくって……」

「えー？　全然分かんないけど。十分細いじゃん」

そう言いながら柊が焼けた肉をあずさの取り皿に置き、あずさはそれを箸でつまんですぐに口に放り込んだ。

「若者には分かんないの。見えないところにたーっぷり蓄えてるんだから」

「はは。じゃあ、あずささんの肉もここで焼いて食べちゃう？」

「あ、それいい！　本当できることならそうしたい……！」

そんなたわいもない会話を交わしながら食事を終え、その後の映画も存分に楽しんだ。

「面白かったね、映画」

人けもまばらな帰りの電車の中であずさがパンフレットを広げると、「俺にも見せて」と柊が横から覗《のぞ》き込んできた。彼は人との距離感がわりと近いタイプなのだと思う。

そっと肩が触れたのと同時に、思いのほか柊の顔が近くにあることにドキッとした。

ほんの一瞬、あずさの前髪と柊の髪が触れたが、彼は特に気にする様子もなくパンフレットを眺めている。ふと視線を上げると、向かいの窓に映る寄り添った自分たちの姿が、まるで恋人同士のように見えるのに気付いた。

いやいやいや、恋人みたいなんて、さすがに図々しい。百歩譲って私はお姉さん！

あずさはふるふると首を振って平静を装うと、パンフレットを柊に手渡した。

「あずささん？　どうしたの？」

「あーうん。電車の中で読んでたらちょっと気持ち悪くなっちゃった。柊くん見てていいよ」

「大丈夫⁉」

「そんな大袈裟《おおげさ》なもんじゃないから平気。ちょっと文字酔いしただけ」

あずさが答えると、しばらくの間何か考えるようにしていた柊がそっとパンフレットを閉じて膝の上に置いた。

「じゃあ、少し目瞑《つぶ》ってたほうがいいかも。俺に寄り掛かる？」

あずさは慌てて両手を胸の前で振った。

「いやいや平気平気！　もうすぐ着くし」

実際、ものの数分で電車は最寄り駅に到着し、あずさが立ち上がると柊が横からそっと腕を支えた。

「……柊くんってさ。なんていうか、若いのにスパダリ感がすごいよね」

「は？」

柊に腕を支えられたまま駅のホームを歩き、言葉を続ける。

「こうやって腕を支えてくれるさりげなーい気遣いとか、ほんと自然で狙ってる感ないし。顔良し、スタイル良し、性格良し！　すごくモテるでしょう？」

「そんなことないけど……」

「えー、絶対モテるよ！　うちの会社でも柊くんのことカッコイイって言って騒いでる女の子いるんだから。仕事中に声掛けられたりしないの？」

「ないない！　俺、職場で話するのなんてうちのスタッフさんとあずささんくらいだもん。そりゃ……挨拶くらいはするけど、それ以外で話し掛けられることもないし」

「嘘《うそ》ぉ」

「本当だよ。あずささんくらいだったよ、顔見たら声掛けてくれるの。だから俺、あずささんのことは覚えてたもん。あの日拾ってくれるまえから」

「……そうなの？」

「うん。いつも『お疲れ様』って笑顔で声掛けてくれてさ。清掃員って下に見られて軽く扱われがちだから、あずささんが優しいの嬉しかったんだよね」

「え？」

「結構いるんだよね。『ここキレイにしとけ』とかって上から指図してくるような嫌なやつ。もちろん、仕事だからやるけどさ」

「そうなの⁉」

意外だった。仕事中に見掛ける柊は、誰にでも愛想よく感じがいい好青年という印象だった。もちろん彼が好青年であることに変わりはないが、あずさの知らないところでそんな扱いを受けていたなんて思ってもみなかったことだ。

「でも、絶対モテるよ。柊くんは」

「はは。まだ言う？」

柊が呆《あき》れたような表情を見せたが、あずさはそれを見ないフリをした。

職場では実際に彼の言うようなことがあるのかもしれないが、こうして自分の隣を歩く爽やかイケメンがモテないはずがない。事実、映画館でも若い女の子たちからの視線を感じた。

柊はもしかしたら自分の容姿や周りの視線に無頓着なタイプなのかもしれないとあずさは思った。

こんなにカッコいいのに、本人にあまり自覚がないのか。

ちらと彼を見上げると、柊が「ん？」と柔らかな笑顔を見せた。この笑顔に別に深い意味はないと分かっていても、見ているこちらはドキドキしてしまう。

こういったちょっとしたドキドキも期間限定のご褒美イベントだと思って楽しんでしまえばいいのかもしれない。

「ね。コンビニ寄って行こ？　甘い物食べたくなっちゃった」

「いいよ。じゃあ、帰ったらデザートタイムにする？」

「賛成！」

柊といるのはとても楽だ。男と女でありながら、それを意識しない姉弟のような付き合いができることに心地よさを感じる。

どのみちこの同居は長く続くことではないし、柊とどうこうなんて万が一にも起こり得るわけがない。いずれ訪れる期限まで、お互いに楽しく穏やかに過ごせればそれで十分だ。

＊＊＊

「笹山《ささやま》ちゃん、今日までお疲れさまー！」

職場近くの居酒屋で行われた送別会には、十人ほどが集まった。二年ほど前に結婚して仕事を続けていた経理課の同期が、出産のため七月いっぱいで退職することになった祝いの席だ。皆で思い出話に花を咲かせる。

「実際は、明日まで仕事するんだけどね」

「最後までよく働くわー。もう臨月なんでしょ？」

広報部の白石が訊ねた。白石も最上と同様にあずさにとって特別親しい友人だ。

「まぁね。でもほら、子供産んだらしばらく自分の手で育てたいから今のうちに稼いでおかないとって思って。来月から有休消化してギリギリまでもらうものもらって辞めるんだ」

「おお、さすが笹山ちゃん。堅実だね」

あずさの言葉に、笹山が自慢げに小さくピースサインをすると、個室の襖が開いた。

「悪い！　遅くなった」

そう言ってネクタイを緩めながら顔を出したのは、約束の時間に少し遅れてやって来た最上だ。

「遅い、最上！　なにしてたのよー」

「悪い悪い。マーケのやつらとの話が長引いちゃってさ」

最上が部屋に入って来るなり、ちょうど空いていたあずさの隣に座った。

「ねぇ、最上。滝川に聞いたけど、新商品の企画で忙しいんだって？　あ、ビールでいい？」

「ああ、サンキュ。そうなんだよ、ここのところめちゃくちゃ忙しくてさ」

白石がそっと席を移動して、最上の分の飲み物を通りかかった店員に注文した。

「忙しいのいいことじゃん。充実してるみたいでなによりだよ」

笹山がにこにこと笑いながら言った。

「最上がやたら忙しそうだから、同じ部署にいるのに最近はあんまり顔合わせてないんだよね、私たち」

あずさが言うと、席に戻って来た白石が驚いた顔をした。

「え、そうなの？　あんたたちいつも一緒にいるイメージだったけど」

「ああ。まえは滝川と同じ商品手掛けること多かったけど、いまはそれぞれ担当違うしな。滝川も結構忙しいと思うよ。いま二つ案件抱えてるもんな」

「あ、うん。まぁね」

返事をしながら、あずさはほっとしていた。

あの一件のあと、たまたまではあるが最上と職場で顔を合わせる機会が減っていた。もちろん互いに普通に仕事をして、職場ではこれまで通りだが、なんとなく気まずい部分もあった。気心知れた同期と一緒にいるからというのもあるが、あの日から感じていた微かな違和感のようなものは消えている。

送別会は二時間ほどでお開きになり、主役の笹山が両手に大きな花束を抱えてタクシーに乗るのを皆で見送ってから解散となった。

その場でタクシーを呼んで帰る者、飲み足りないと次の場所へ移動して行く者と様々だったが、白石と最上、あずさの三人は揃って電車に乗るために駅に向かった。

反対方向の電車に乗る白石とは改札を抜けたところで別れ、あずさと最上はそのままホームへ向かった。平日の夜、帰宅ラッシュの時間をとうに過ぎた駅のホームは人けもまばらだ。

「なんか、マジで久々だな。滝川とゆっくり顔合わせるの」

「ほんと。最上、ここのところずっと忙しそうにしてたし。その後どうなの？」

「ああ……正直厳しいな。予算限られてるから、まずそこだよなぁ。けど妥協して中途半端なもん作っても売れなきゃ意味ないし。そのへんの調整なんとかしないと先に進まないから、いろいろ必死だよ」

「そっか……そうだよね」

そんな話をしている間に電車がホームに入って来て、二人は電車に乗り込んだ。

車内は空いていて、あずさは最上に促されてドアから一番近い端の席に腰を下ろした。

「滝川」

「ん？」

「この間、悪かったな。あんなふうに言ってくれたのに……俺」

最上の言ったこの間という言葉が、あの夜のことを指しているのだということをすぐに察した。

あれからすれ違いが多く、ゆっくり話すひまもなかった。ずっとうやむやになっていたが、一度ちゃんと話をしなければいけないのだろうという覚悟をしていたあずさは、ふいに振られた話に思ったよりも冷静でいる自分に安堵《あんど》していた。

「いいの！　気にしないで……！　私のほうこそ、急にあんなこと……ごめん」

「いや、嬉しかったよ。滝川がそんなふうに思っててくれたってこと。俺にとってもやっぱり滝川ってただの同僚に収まりきらない特別な存在なのには違いないし」

最上の言葉を嬉しく思いつつも、一番はっきりさせなければならない部分が曖昧なことに気付いて、あずさは恐る恐るその核心に触れた。

「その特別な存在っていうのは……その、恋愛感情も含むってこと？」

ただの同僚で終わるのか、それともそれ以上の望みがあるのかという分かれ目だ。

「ああ……もちろん。だけど、俺はまえに言ったとおりだし、そんな状態で滝川と付き合って結果傷つけることになるかもしれないのは、やっぱ怖いよ」

最上の言葉にあずさはどう答えていいのか分からなかった。最上のことが好きだという気持ちに変わりはなくても、身体の関係なんて大した問題ではないと言い切れる自信もない。

踏み込み過ぎかと思ったが、あずさは気になっていたことを口にした。

「その……最上がそうなったのに、なにか思い当たるような原因はあったの？」

あずさが訊ねたとき、ちょうど駅に到着し、話はそこで途切れてしまった。

改札を抜けて普段ならそこで最上と別れるのだが、最上のほうがあずさの帰る方向へ足を向けた。

「……途中まで送ってく」

「うん」

返事をして歩き出すと、ちょうど目の前の横断歩道の信号が赤に変わり立ち止まる。

信号を待っている間に、最上が静かに口を開いた。

「簡単に言うと――浮気現場の目撃が原因。当時付き合ってた彼女のマンションに行ったら、他の男と寝てた現場に遭遇したっていう、かなり衝撃系の。俺、昔から仕事に没頭すると他のこと見えなくなるとこあるだろ？　あの頃も忙しくて彼女と会えないこと続いてて――けど、彼女の気持ちなんて全然分かってなくてさ。きっと寂しい思いさせてたんだと思うんだよな」

そう自嘲気味に言った最上の表情には、まだ当時の苦しみを引き摺《ず》っているような雰囲気が窺《うかが》えた。

「まぁ、だからって浮気していい理由にはなんないだろ、っていまは思うけど。当時は……さ。自分の彼女が他の男に抱かれてる生々しい姿目撃して……さすがにショックが大きくて」

信号が青に変わって再び歩き出した。

確かにあの頃の最上の落ち込みようは傍で見ているのがつらいほどだった。

「それからなんだよな……ダメになったの。病院に行ったら心因性のものだろうって言われて、早三年。恋愛に関してもどこかトラウマっぽくなってて避けてきた自覚はある。滝川の好意は同僚としての好意だと思ってたし、そう思い込もうとしてた部分もあったんだ」

そう言った最上がその場に立ち止まってあずさを見つめた。

「滝川のこと、大事だから――付き合えない。俺、おまえのこと傷つけるのだけは嫌だよ」

最上の顔が悲しげに歪《ゆが》んだのを見て、あずさは悟った。

結局、振られてしまうんだ。

不思議とそれほどショックではなかった。嫌いだと言われたわけではないし、最上があずさの気持ちに真摯に向き合ってくれて返事をくれたことがその真剣な表情から伝わって来る。

「うん――分かった」

あずさはただそう答えることしかできなかった。

＊　＊　＊

最上と別れてマンションまでの道を歩きながら、零れる涙をこらえることができなかった。最上に嫌いだと言われたわけではない。それどころか大事な存在だと言ってもらえた。それなのに叶《かな》わない恋もあるんだと知った。

食い下がればよかったのかもしれない。傍にいられればそれだけで幸せなんだと言えば、最上と恋人同士になれたのかもしれない。けれど、このときのあずさには身体を繋《つな》げられない恋人関係というものに自分が満足できるのか自信がなかった。

人間とは欲張りな生き物だ。ひとつ満たされれば、その先が欲しくなる。始めは傍にいられるだけでいいと思っても、いつか彼のすべてを欲しいと思うようになる。

最上が自分を傷つけたくないと言ってくれたように、あずさも最上を傷つけたくはない。

マンションの玄関のドアの前に立つと、あずさは手のひらで涙を拭い、気持ちを切り替えた。

「ただいまー！」

玄関で靴を脱いでいると、柊がやって来てあずさを出迎えてくれた。

「送別会どうだった？　遅くなるなら連絡くれたら迎えに行ったのに」

「ああ、平気平気！　それに、今日は途中まで同僚が送ってくれたから」

あずさが答えると、柊が何かに気付いたように顔をじっと見つめて来たが、あずさは彼を避けるように横をすり抜けてリビングに向かうと上着を脱いで訊ねた。

「ねぇ、お風呂沸いてるかな？　柊くんはもう済ませた？」

「ああ、うん。あずささん遅くなるって言ってたから先に」

「じゃあ、私もこのままお風呂入ってきちゃおうかな」

泣いて赤く腫れた目を、柊に見られたくなかった。普段より時間を掛けて湯船に浸かり、目の赤みが引くのを待って風呂から出た。

あずさが髪を乾かしてリビングに戻ると、なぜか部屋中にハーブの香りが漂っていた。

「ん？　いい匂い。なんの香り？」

「ハーブティー。今日駅前で配ってたのもらって来たんだ。ハイビスカスとレモングラスのブレンドティーだって」

そう答えた柊が、ガラスのティーポットに入ったハーブティーをマグカップに注いであずさに手渡した。

「え？　でも、なんでハーブティー？」

「帰って来た時、あずささんなんか目が赤かったから。ハイビスカスって疲れ目にもいいし、疲労回復とかにも効くらしいよ」

家に着く直前まで泣いていたことをさり気なく誤魔化したつもりだったが、気付かれていたらしい。

あずさは「へぇ」と感心したふりをして平静を装った。

「目が赤いの、本当は疲れてるとかじゃないでしょ。ちょっと腫れてるもん。なにかあった？」

そう訊かれてドキッとした。他人からの視線や自身に関しては無頓着なところがあるくせに、変なところに鋭いのだ、彼は。

「なにもないよ」

「嘘だ。あずささん、嘘つくと鼻の穴が膨らむからすぐ分かる」

「え、嘘ぉ!?」

自覚がなかったことを指摘されて慌てて鼻を隠すと、柊がそんなあずさを見てニヤと笑った。

「嘘だよ。カマかけてみただけ。本当に元気ないように見えたから」

柊の言葉に、あずさは諦めたように小さく息を吐いた。

「――うん。実は、ちょっとへこんでて」

すでに振られているからこうなることは分かっていたが、やはり落ちこまないわけではない。

「よかったら話してよ。誰かに話したらすっきりすることもあるでしょ」

帰ってきてろくに顔も合わせていないあずさの異変にすぐに気付いて、こんな優しい言葉を掛けてくれる柊のできた同居人っぷりには心底感心する。

確かに彼の言うように、言葉にして少しだけ吐き出したら気持ちが楽になれるのかもしれない。そう思ったあずさはソファに深く座り直すと、小さく息を吐いてから口を開いた。

「じゃあ……一般的な男性の観点から柊くんの意見を聞かせて欲しいんだけど、いい？」

「あ、うん。俺でよければ」

あずさは何から話そうかと考えたが、あくまで自分のことではない友人の話だという体《てい》で最上とのことを話し始めた。ぽつりぽつり話していくうちに、心の中のなんともいえない感情が少しずつ鮮明になっていくような気がする。

「好きだけど――身体の関係にはなれない相手との恋、柊くんだったらどうする？」

あずさの話を最後まで聞いていた柊は、何かを考えるようにしばらく黙ったままだったが、やがて静かに口を開いた。

「俺だったらどうするかなぁ？　いくら好きで、相手のこと想ってても……すぐに答えは出せない気がするな」

　柊の正直な答えに、あずさはどこかほっとしていた。

　最上を想う気持ちはもちろん真剣だし、できることなら彼と付き合いたいという気持ちはあるが、あんなふうにしか答えられなかったことを後悔する気持ちはあった。

　もっと他に何か言いようがあったのではないか。好きならば身体の関係が持てないことくらいなんでもないと言いきれなかった自分が酷く薄情な気がしていた。

　一般論ではあるが、柊がすぐに答えを出せないと言ってくれたことが結果的にあずさの心を少しだけ軽くしていた。

「いまの話って……本当はあずささん自身のことなんでしょ？」

　柊に聞かれて、あずさは言葉に詰まってしまった。

「え、違う違う！　友達の……」

　慌てて否定すると、柊が探るような、それでいて確信をもっているような目をあずさに向けた。

「〝友達の話なんだけど〟って相談ごとのほとんどは、一般的に本人のことの場合が多いでしょ。それに、友達のことだっていうなら、あずささんが泣いてたのはどうして？　帰って来た時、目が赤かったのは泣いてたからでしょ」

　痛いところを突かれて、あずさは堪らず黙り込んでしまった。

「あずささんの話なんだとしたら、彼との間に埋められないものを他で埋める方法もあるんじゃないかな」

　柊の言葉の意味がよく分からず、あずさは隣に座る彼を見つめたまま小さく首を傾げた。

「……どういう意味？」

　あずさが訊ねると、柊がティーポットの中に残っていたハーブティーを、あずさのマグカップに注ぎ足した。

「言葉のままの意味だよ。つまり、満たされない部分を他で――代わりの誰かに埋めてもらうって手もあるんじゃないって話」

「それって……身体だけの相手を作るってこと？」

「まぁ……言い方はよくないけど、要約すればね。あずささんの場合は、手近に候補がいるじゃん。例えば、そう。俺とか」

　そう言って微笑んだ柊に、あずさは返す言葉を失ってしまった。

　さすがのあずさも、柊の言葉が何を意味しているのか分からないわけじゃない。

　彼の口からこんな言葉が発せられるなんて想像したこともなかった。

「あのね。柊くん……自分がなに言ってるか分かってる？」

「もちろん」

「気持ちのない相手とそういうことするのって、意味あるのかな？」

「意味があるかどうかは、試してみたらいいんじゃない？　気持ちのあるなしに関わらず、俺は相手があずささんなら普通に女の人として抱きたいなって思うけど」

柊に言われて、あずさはいままさに飲みかけていたハーブティーを吹き出しそうになった。

「な、なに言って……！」

「あずささんは俺じゃダメ？」

「ダメとか……そういう問題じゃなくてね!? 他で埋めるとか、なんか違う」

「違うかな？ あずささんとその彼は、結局そこが問題なんでしょう？ 言い方悪いけど、もし他で代用できるんだったら考えも変わるかもってこと。試してみる価値はあるんじゃない？」

代用なんて確かに酷い言い方ではあるけれど、問題がなくなれば最上とも――？

一瞬考えてから、いやいや、そんなことできるわけがないし、意味がないと首を振った。

「あずささん」

そう呼び掛けた柊が身体をこちらに向け、あずさを真っ直ぐ見つめたまま手を伸ばして頬にそっと触れた。

「つらそうな顔してるから――なにか役に立てたらいいのにって思ったんだ。変な意味じゃなくて……なんて説得力ないかもしれないけど、あずささんにしてあげられることないかなって思ったのは本当。それとも、俺じゃ力不足？」

静かに訊ねた柊に、思わずドキッとしてしまった。なんという破壊力だろう。柊のような若くて魅力的な男の子にこんなことを言われたら、頭では間違っていると分かっていても心が激しく揺さぶられてしまう。

「そうじゃなくて……」

「だったら――試してみようよ」

柊があずさに身体を寄せ、思わぬ至近距離に慌てて身を引くと、彼が再びその距離を詰めた。

見たこともない顔――だった。

まるで弟のように可愛いばかりだった柊の見せる男の顔に驚いてどうしていいか分からない。そんな雰囲気を一度たりとも感じさせたことがなかった。健全過ぎるくらい健全な同居だったはずだ。

そもそも彼にとって自分がそういう対象になり得るのだろうか。

そんなことを頭の中でぐるぐると考えている間に、柊が少しずつその距離を詰めてくる。

「あの。ちょっ、待っ……」

半ばパニックになりながら制止の意味で言いかけた言葉は、柊の唇によって塞がれ最後は声にならなかった。

「……んっ」

唇をゆっくり押し当てることを繰り返す甘く優しいキスが、次第に食むようなキスに変化する。何度も何度も繰り返されるキスに抵抗することもできず、戸惑いながら受け止めているうちに、その行為が次第に心地よさに変わっていく。

こんなこと間違っていると頭では分かっている。

なのに彼にキスされているうちに、この先を知りたいという探求心と理性の狭間で揺れながら歯をぐっと食いしばってなけなしの抵抗を続けると、柊が唇をつけたまま囁いた。

「ねぇ、あずささん。歯で塞がないでよ。嫌じゃないなら、もっと奥まで触りたい……」

強請るような柊の甘い声に心が揺らぐ。

こんなことをしていいはずがない。好きでもない……いや、全く好意がないわけじゃないが、恋とは違った情に近い好意を持つだけの相手とこんなこと。

でも——あずさがほんの一瞬迷った隙をついて柊の舌がするりと口内に滑り込んできた。

彼の熱い舌が形を確かめるようにあずさの歯列を撫《な》で、上顎をくすぐる。一瞬の隙を突かれたとはいえ、ここまで受け入れてしまっているのにこの期に及んでどうしていいか戸惑うあずさの舌を柊が攫《さら》い絡めとっていく。

「——ん、っふ」

「そんな気持ちよさそうな顔しといてまだ逃げようとするの？　逃げないで。唇溶けちゃうくらいいっぱいキスしようよ」

そう言った柊が再びあずさの唇を塞いだ。

どうしてこんなことに——。

抵抗するべきだと頭では思っているのに身体がまるでいうことを聞かない。決して激しいわけではない優しさで、本気になればいくらだって抵抗できるはずの柊のキスになぜか

身体の自由が奪われていく。次第に頭の中がぼうっとして気持ちいいという感覚以外がまるで壊れたみたいに鈍感になっていく。

「あずささん。舌出して」

まるで熱に浮かされてるみたいな、何かに操られているような不思議な感覚だった。

言われるままだらしなく口を開いて舌を出すと、柊がどこか興奮したようにごくりと唾を飲み込んで「エロ」と呟《つぶや》いた。

柊があずさの舌に吸い付いたかと思うと、そのまま勢いよくソファに押し倒された。

ほんの一瞬ソファの手摺りで頭をぶつけたような気がしたが、そんなことを気に留める余裕すらなかった。求められるまま長い長いキスを交わし、どれくらいそうしていたのか分からなくなるほど夢中で貪り合ったキスのあとようやく唇を離した柊と目が合った。

美しく濡《ぬ》れたような彼の瞳に、欲情の色が差しているのが分かる。

「このまま……食べていいですか？」

普段はすっかり敬語なんて使わないのに、こんなときにだけ年下感を出してくるのは相当あざとい。と思いつつもその彼の可愛いあざとさに心くすぐられてしまう。

「……ダ、メ」

そう答えたのは、最後の抵抗だ。

このまま流されてしまっていいの？　いや、ダメでしょう、という思考が頭の中でギリギリの葛藤を繰り返す。

「キスには応えてくれたじゃん」

「それはっ……」

あんな身体ごと蕩《とろ》けてしまいそうな気持ちのいいキスをされたら、拒めるものも拒めなくなってしまう。

「気持ちよくなかった？」

小首を傾げながら訊ねられて、狙っているのか素なのか判断しづらい若い男の可愛さに思わずきゅんとしてしまった。漫画なんかでよくある、ハートに矢が刺さるやつだ。

「嫌なこと俺が忘れさせてあげる。あずささんが悪いんだよ？　泣いて帰ってきたりするから。俺、つらそうなあずささん、ほっとけない」

そう言った柊がそっとあずさの頰を撫で、そのまま上体を屈めて頰に口づけた。

温かいキスだった――。ついさっきまでの貪るようなキスとは全然違う、癒すようなキスだった。

「ほっとけないって……私のこといくつだと思ってるの」

「歳は関係ないでしょ」

柊の言葉になぜかふいに胸に熱いものが込み上げて、瞳にうっすらと涙が滲《にじ》んだ。

もしかしたら、ずっと誰かに言って欲しかったのかもしれない。

同僚への想いを長い間拗《こじ》らせて、やっと想いを伝えたと思ったのに嫌われてるわけじゃないのに上手くいかなくて。諦めることもできない。だけど、相手の望む自分にもなれない。どん詰まりな自分に柊が掛けてくれた何気ない言葉が、妙に心に沁《し》みてしまった。

あずさの目の端から零れた涙を柊が指でそっと拭う。

「ほら、またそんな顔して。泣いてるあずささんのこと、慰めたいんだ」

彼の言葉にあずさは少しの間考えてから、やがて黙って頷いた。

身動き取れなくなって前にも後ろにも進めないままは嫌だ。柊が言った代用なんてことを考えているわけじゃないけれど、彼との一夜がもしかしたらあずさの心の中の何かを変えるきっかけになるかもしれない。

「俺が嫌なんだ。つらそうなあずささん見てるの」

他人のつらそうな姿に胸が痛む気持ちはあずさも分かる。

最上が落ち込んでいた時期に、結局何ひとつしてあげられなかった過去の自分を思い出した。

何かが変わるかもしれない――なんて幻想かもしれない。けれど、最上のことを吹っ切るきっかけのようなものは欲しかった。

あずさは覚悟を決めて彼を見つめると、静かに口を開いた。

「あのね、お願いがあるんだけど……」

三十間近の大人の女が口にするような言葉じゃないのは分かっているが、年下の柊相手に自分が年上だからと慣れているふりができるほど経験豊富でもないのだから仕方がない。

「……こういうの久しぶり過ぎてどうなっちゃうか分かんない。だから、優しくしてほしい……です」

恥ずかしさを堪え、勇気を振り絞って言ったあずさの言葉に、柊が興奮したように顔を紅潮させた。

「あぁ、もう……なにそれ。可愛い過ぎて股間にキた」

それからあっという間に柊に抱き抱えられて寝室に運ばれたかと思うと、ベッドに押し倒されるまでは光の速さだった。何が起こったのか分からずあわあわとしている間に着ていたルームウエアを脱がされ下着だけにされていた。

若さ溢《あふ》れる柊が自分を見つめる何気ない視線が痛い。

「……そんなに見ないで。恥ずかしいから」

少し緩みつつある体型を、まだ若くて魅力的な男の子の目に晒《さら》すことになるなんて想像したこともなかった。しかも、風呂上がりであとは寝るだけという時間帯に、こんな強制イベントが発生するなんて思ってもみなかったあずさは色気の欠片もない気の抜けた下着しか身に着けていない。

「恥ずかしい？　こんなに綺麗《きれい》な身体してるのに。あずささん、肌もすごく綺麗だし、胸大きくて腰も細いし、スタイル抜群じゃん。普段は見えない服の下にこんな魅力的な身体隠してたなんて」

「もぉお……そういうの勘弁して」

ただでさえ羞恥でどうにかなりそうなのに、言われ慣れない言葉にどう反応していいか分からなくて思わず両手で顔を覆うと、柊がそんなあずさの腕を摑んで顔から引き剝がした。

「恥ずかしがってる顔、可愛い」

「だからやめてってば……」

「分かった。じゃあ、恥ずかしいのなんてふっ飛んじゃうくらい気持ちいいことしよう」

そう言った柊が部屋着にしているティーシャツを脱ぎ捨てた。

服を着ていると細身に見える身体のわりに胸や腕には意外にもしっかりとした筋肉がついていて、腹まわりにも綺麗な筋が入っている。

若く、瑞々《みずみず》しく、男性としてとても魅力的な身体だった。

ごく穏やかにつつがなく同居生活を送ってきたあずさは、これまで彼の半裸すら見たことがなかったし、そんなにすごい身体をどこに隠していたのかといい返してやりたいのはあずさのほうだ。

柊があずさのナイトブラをずらして胸を両手で包み込んだ。

「まずは、柔らかいおっぱいから食べちゃおう」

柊が身体をかがめてあずさの胸に吸い付いた。ちゅうと強く吸われる刺激に身体が驚いている間に、先端を舐《な》めまわされ舌で転がされ、腰のほうからぞわぞわとした感覚が這《は》い上がって来る。

「これ邪魔だね。取っちゃおうか」

そう言った柊が器用にブラを外して、舌で唇を舐めると再び胸の先端を口に含んだ。柊の熱い舌がねっとりと絡みつく。

「……っ」

きつく吸われ両胸を揉《も》みしだかれているうちに、なんともいえない快感が湧き上がって来る。先を指で強く摘ままれ、何度も何度も捏《こ》ねられているうちにひりひりとしたような感覚とともに先が硬く立ち上がる。久しぶりに他人の手によって与えられる刺激に身体が敏感に反応してしまう。

長いこと誰にも触れられていなかった。久しぶりに、自分が女として扱われ、求められていることに悦びを感じているのを実感する。

「や……っ、ん」

「いい声。気持ちよくなってきた？　腰もじもじしてる。そろそろこっちもいいかな」

柊の手があずさのショーツに伸び、ゆっくりとレースをなぞるとそのままショーツの上から割れ目に沿ってそっと指を這わせた。

「濡れてる。じゃあ、もうちょっといいとこまで触っちゃおうかな」

そう言った柊の指がショーツの隙間から滑り込んであずさの敏感な部分に触れた。彼の指がなめらかに滑る動きから自分が酷く濡れているのが分かる。

——恥ずかしい。

しかも、柊がこういうことに慣れているふうなのに対して、年上の自分がまるで経験がないみたいな初心な反応をしてしまうのが余計に恥ずかしさを増長させる。

「すごいな。もうとろとろだ。ほんの少ししか触ってないのに、ほら、こんなに指が滑るよ」

柊に割れ目の奥のぷっくりと立ち上がった部分を指で何度も擦られてあずさは「あっ」と思わず漏れた声を手で塞いだ。そんなあずさの反応を楽しむように、柊が指を奥に差し入れる。

「ん……っあ」

柊がゆっくりと指を抜き差しする動きに合わせて部屋の中に湿ったいやらしい音が響く。その卑猥《ひわい》な音が大きくなっていくにつれ、自分の敏感な部分が酷く濡れているせいだということを嫌でも意識させられて身体が小さく震えた。

「あずささん敏感なんだね。いまここピクってしたよ」

柊に指摘されて思わず顔を覆った。そうしている間にも柊の指はあずさの熱くなった部分に指を差し入れたまま中の壁を擦る。

「ああっ、やぁ……っ」

「嫌？　こんなエッチな音出ちゃってるのに？　指動かすと中から溢れ出てくる。こんな溢れたらシーツまで濡れちゃうね」

そう言った柊がすっと身体を引いてあずさの足を持ち上げて抱え込むと、そのままあずさの熱い愛液が溢れた部分に吸い付いた。

「や……ダメっ、あ」

必死で自分の敏感な部分を手で覆うようにすると、柊が器用にあずさの指をかき分けてその先に舌を這わせた。

「手で邪魔しないの」

じゅるじゅると音をたてて柊があずさの敏感なところを強く吸い上げる。そうしながら舌で割れ目の奥の突起を突いて舐めることを繰り返し、あずさを翻弄する。

「溢れてるの零れないように全部きれいに舐めてあげるね」

「待っ、いやぁ……っ」

理性がどこかに吹き飛んでしまいそうなほどの強烈な刺激から逃れようと、あずさが身体を捩《よじ》っても、柊の舌がどこまでも追い掛けてくる。敏感な部分を執拗《しつよう》に舌で転がされ、その刺激に溢れた愛液を強く吸われて、強烈な快感に身体が勝手に震え出した。

「柊……くん、はぁ……」

あずさがどうにかなってしまいそうな恐怖に全身を震わせると、柊が離さないとでもいうようにあずさの手を強く握りしめた。

「あずささんヤバイ……声、エロっ」

「も、やめて……お願いっ。怖い……」

「怖くないよ、大丈夫。素直に感じて？　可愛く乱れたとこもっと見たい」

言葉は優しいのに何ひとつあずさの言葉を受け入れることをしない柊に翻弄される。

一層激しさを増す刺激に、自分でもどうしていいか分からないくらい身体が震え出し、ほんの一瞬頭が真っ白になりどうにか意識を取り戻したときには柊の硬くなった欲情の証があずさの熱い部分に押し当てられていた。

「待っ……いまっ、イったばっか……」

「知ってる。でも、俺のではイってないよ。俺のこと中に入れてくれたらきっともっと気持ちいいよ？」

そう言った彼のものがぬちっという肉の擦れる湿った音と大きな質量を伴ってあずさの中にゆっくりと押し入って来る。あずさが声にならない短い悲鳴を上げると、柊が興奮に顔を紅潮させながらあずさの奥に辿《たど》り着き、深く熱い息を吐いた。

「うわ……すごい締め付けてくる。ねぇ、あずささん、久しぶりって言ってたけどこんなに締まるもの？　指入れたときも思ったけど、熱くて狭くて吸い付きがヤバいよ……」

「分かんな……っ」

お腹の奥がぎゅうぎゅうする。苦しくて堪らないのに、とんでもない質量が自分の中を抉《えぐ》るように動いて擦る快感に何も考えられなくなる。

「動いちゃ……」

「ごめん。あずささんの中気持ちよ過ぎて、俺のほうがどうにかなっちゃいそうだ。そんなにぎゅうぎゅう締められたらすぐ出ちゃうよ……入口ヒクヒクさせないで」

そんなことを言われても自分の意思とは無関係に身体が反応してしまうのだから抑えよ

うもない。

「違っ……身体が勝手にっ……」

「あずささんも、気持ちいい……？」

柊が腰を打ち付けてくるたびに、視界に小さな星が飛ぶ。これまで経験したことのない快感に慄きながらも、自分が知り得ないその先が知りたくて柊に縋《すが》ると、彼が一層興奮した表情を浮かべてあずさの唇を塞いだ。

——怖い。溺れてしまいそうだ。でも、もっと欲しい。もっと深く。

息継ぎさえももどかしいと感じるほどに、自分でも信じられないほどの熱量で柊を求め、彼のほうも負けないいくらいの熱量であずさの身体を求めた。

こんなの、初めてだ——。

身体中汗にまみれて、息も絶え絶えで激しい快感に身体が打ち震えている。この行為をやめたくない。

「中もヒクヒクしてる。そんなに気持ちいい？」

「……気持ち、いいっ……んっ」

「俺もめちゃくちゃ気持ちいい。ヤバイ……あずささんとのセックスにはまっちゃいそうだ」

どうしてこんなに気持ちいいんだろう。セックスは気持ちがあるから満たされるんじゃなかった？　好きだからしたいって思うんじゃなかった？

こんなの、想定外すぎてどうしていいか分からない。

「あずささん、俺に摑まって。気持ちよくて一瞬でも抜きたくないから、このまま体勢変えていい？」

そう言った柊に仰向けだった体勢を横向きに変えられて、柊のものがあずさの中で大きく角度を変え、中でぐりんと強く擦れた感覚に思わず身体を仰け反らせた。

「ダメダメ、そんなに動いたら抜けちゃう」

「だっ……て」

「さっきとは違うとこ当たって気持ちいいでしょ？　そのままうつ伏せになって腰突き上げてよ。もっと深いとこまで届くように」

この頃には羞恥心なんてものはあずさの中から吹き飛んでしまっていた。

恥ずかしい云々《うんぬん》より、この先にある大きな快感が欲しい。柊に求められるままの体勢になると、彼がごくりと唾を呑《の》んだ。

柊が背後から腰を打ち付ける動きに合わせて「あっ、あっ」とあずさの口から切れ切れのだらしない声が漏れる。抑えようと思っても抑えられるものではなく、快感が高まるにつれその声も大きくなっていくのを止めることが出来ない。

「ほんと……マジなんなの。可愛い過ぎるんだけど」

あずさの声が大きくなるにつれて柊自身の興奮も高まっていくのか、背中から漏れ出る彼の声にもますます熱がこもる。

「はぁっ、気持ち……い……ヤバイ」

耳元で響く柊の声がほんのり掠《かす》れて聞こえる。与えられる快感を受け入れるのに精一杯で気付かなかったが、柊が快感を堪えるように呻《うめ》く低い声を聞いているだけであずさの身体がぞくぞくとした。

柊が後ろからあずさの肩を抱き寄せ、さらに身体を密着させた。激しく身体を打ち付けられ、受け入れるあずさの身体も悲鳴を上げる。

「ああ……もっと……奥まで行きたい……」

柊が腰を動かし一層深いところまで到達すると、あずさの中で彼のものが脈打った。

「あっ、あ、あ、あぁ……」

「その甘い声可愛い。もう……限界だから一緒にイこう?」

大きく息を吐いた柊の声に切羽詰まった様子が窺える。耳に掛かる彼の熱を伴った呼吸音にますます興奮が高まる。こんなふうに女として自分を求められるなんて久しぶりのことだった。

――これ、ダメだ。

はまってしまいそうだ、なんて冗談みたいに柊が言っていたけれど、これまでの経験が覆るほどの快感を知ってしまったら他で満足できる自信がない。いままで自分がしてきたセックスはなんだったのかと思うほどだ。

――どうして?

この行為に気持ちなんてないのに。逆に気持ちがないからいいのかな。愛したい愛されたいという気持ちがあるより、快楽だけを追求するほうが気持ちよくなれるの？

分からない――。

ああ、柊の顔が見えないのが惜しい。彼はいま、どんな顔をして自分を抱いているんだろう。

「ふっ、あ……そんな奥ダメッ……」

「ダメじゃなくて、気持ちいいって言ってよ……」

「ぁ、ん。……気持ち、い……いっ、はぁっ」

気持ちよすぎて、頭がおかしくなる――。

柊の身体がぶるっと痙攣《けいれん》するのとほぼ同時に、あずさの身体にも強烈な快感が押し寄せて、二人同時に果てたのを最後に、そのまま記憶が途切れてしまった。


翌朝、あずさが聞き慣れたスマホのアラーム音で目を覚ますと、酷く身体が軋《きし》むようなぎこちなさを感じたが、心地よい深い眠りから目覚めた頭はとてもすっきりとしていた。

柊はすでに先に起きているようで、キッチンのほうから小さな物音が聞こえてくる。

「あずささーん、アラーム鳴ってたけど起きた？」

「あ、うん……起きた」

あずさが返事をすると、柊がココンと引き戸をノックしてあずさの寝室に入って来て、

「シーツ洗濯したいから剝がしちゃっていい？　昨夜いっぱい汚しちゃったから洗っておきたいし」

と言うなり、慌てて掛け布団で身体を隠し立ち上がったあずさの脇をすり抜けて手早くベッドのシーツを剝がした。

シーツを手にしたままこちらを見つめた柊が「おはよ」と言ってにこっと笑うと、そのままチュッとあずさに口づけたので、あずさは驚いて目を見開いたまま固まってしまった。

「身体平気？　朝食出来てるよ。シーツ洗濯機入れとくから、あずささんが出掛けるまえに干してってくれる？　俺、もう出なきゃいけないし」

「あ、うん。分かった。ありがとう……」

そう返事をして、部屋から出て行った柊の後ろ姿をぼんやりと見送りながら「ええっ⁉」と思わず漏れた声を慌てて手で塞いだ。

なになに、いまの‼　いま、さらっとキスしたよね⁉

身体を隠していた掛け布団を手放すと、身体中に生々しいほどの赤い痣《あざ》を散らした自分の裸体が姿見に映っていた。

昨夜、柊と夢のような濃厚な時間を過ごした。というのは頭よりも身体のほうが理解しているが、まるでその夢の続きをみているようなさっきの柊の態度にあずさの心拍数が異様なほど上がっている。

「とりあえず、シャワー浴びて頭冷やそう……うん」

シャワーを浴び、朝食を食べ終わる頃には、いくらか冷静になっていた。あずさは食事の後片付けをして、柊に言われたようにシーツを干して仕事へ行くための準備を整えた。

＊　＊　＊

「昨夜はお疲れ。あのあと最上とそのまま帰ったの？」

昼休憩の時間、あずさが社員食堂で昼食を取っていると、少し遅れてやってきた白石があずさを見つけ、向かいの席に座った。

「ああ……うん。次の日仕事だっていうのに遅くまで飲む体力残ってないもん」

「あはは、確かに。もっと若い頃は無理もできたのにねー」

頷きながら欠伸をすると、白石があずさの顔を見つめて言った。

「どうしたの、寝不足？」

「うん。ちょっと昨夜あんまり眠れなくて」

「あんた仕事バカだから、また帰って仕事してたんじゃないのー？」

「まぁ、そんなとこかな」

一晩中同居人とセックスしてましたなんて口が裂けても言えない。白石にはプライベートなことも含めてなんでも話しているが、さすがに柊との同居のことは話せていない。

事情があったとはいえ、端から見ればおかしな関係であることに変わりはないし、白石と仲がいいからこそ、遠慮なく詮索されることを避けたいと思ったからだ。

たわいないお喋《しゃべ》りをしながら食事を終えると、白石は「午後一番に打ち合わせ入ってるんだ」とあっという間に食堂をあとにした。

そんな慌ただしい彼女の後ろ姿を見送りながら、呆れたように小さく笑った。

あずさのことを仕事バカだなんて言うけれど、白石だっていつも忙しそうにしているし、似たようなものだ。

食後のお茶を飲みながらぼんやりしていると、食堂の窓からちょうど廊下を歩いている柊の姿を見つけ、思わずドキッとしてしまった。

結局、流されるみたいに関係を持ってしまったけれど、結果的に彼との身体の相性は悪くなかった――どころか、とてもよかったと思う。あずさ自身、男性経験が豊富なわけではないが、いままで付き合った恋人たちと比べて、過去最高によかったといっても過言ではない。

あんなに激しく乱れて、自分でもわけが分からなくなってしまうような経験をあずさはこれまでしたことがなかった。

結論だけ言えば、とても満たされた。けれど、それでは何も解決しないことをあずさは知っている。

結局、好きな男に抱かれてるわけじゃないんだもの。

どんなに柊との身体の相性がよくても、そこに心は伴わない。もちろん、人間的にという意味でなら柊のことを好きだと言えるが、その好きはやはり恋とは別物だ。

柊が昨夜あんなことを言い出した真意は分からないが、彼は若いからそれなりに性欲もあるだろうし、たまたまそういう気分だったというだけの話かもしれない。

後悔はしていない。

彼みたいな若くて魅力的な男の子とそういう関係になったというだけである意味奇跡みたいなことだし、身体は十分すぎるくらい満たされて最高のセックスを体験できたのだから逆にお礼を言わなければ罰が当たりそうだ。

「忘れちゃおう……」

そう呟いて、あずさはぬるくなったお茶を飲み干した。

柊との同居がいつまで続くのかは分からないが、これまでの関係が良好だったぶん、これからだって上手くやっていきたい。そのためには、お互いなかったことにするのが一番の得策なのだ。

言い聞かせるように心の中で決心すると、あずさは食器を片付けて食堂をあとにした。

第五章　二人の男とその距離感

今年の夏は冷夏と言われていて、七月中はそこまで高い気温の日は多くはなかったが、八月に入ってからは猛暑日の連続記録を更新中だ。

柊との同居を始めてからの二カ月は、あっという間だった。

当初は厄介なことを引き受けてしまったと思ったものだが、柊との生活が次第にあずさの生活に溶け込み、いまではその心地よさにすっかり甘えてしまっている。

同居の期限についていまのところ柊から何か言ってくることはないが、つい先日ダイニングテーブルの上に不動産屋の名刺が置いてあるのを偶然見つけた。

「あずささーん。俺、そろそろ出るね」

今夜は柊が大型ショッピングモールの夜間清掃の担当の日だ。

「あ、待って！　水筒忘れてる。気を付けてね。暑くなってきたから作業中もこまめに水分補給するんだよ」

ダイニングテーブルの上に忘れられていた柊の水筒を慌てて玄関で手渡すと、柊がそれを受け取り、あずさの頬に軽くリップ音付きのキスをして「いってきます」と玄関を出て行った。

「……ちょ、っ」

玄関の扉が閉まると同時に、あずさは壁に貼りつくようにしてよろめいた身体を支えた。

一度目は柊と寝た翌朝、二度目は夕食の片付けをしているとき。それからもリビングで寛いでいるときや就寝前……柊から不意打ちでされたキスは数えきれないほどになった。

「なんか、習慣化してるような……？」

若い彼にとっては挨拶のような何でもないことなのかもしれないのに、スキンシップというものに慣れていないアラサー女は、彼の行為を意味があるもののように勘違いしてしまいそうになる。

まるで恋人にするみたいに、自然にするんだもん――。

パーソナルスペースが縮まったとでもいうのだろうか。柊は元々人懐っこい性格で、たまに距離感が近いと思うことはあったのだが、最近はそんなふうに感じる頻度が増えている。

「はー、心臓に悪い。こんなの」

柊が出掛けたあと、あずさもやり残した仕事の資料をまとめるためにパソコンを開いた。

時間が経つのを忘れていて、柊が帰る前にと慌てて風呂に入ったところにちょうどタイミング悪く彼が帰宅してしまった。

コンコンと洗面所の引き戸をノックした柊が「あずささん、いまここ入っても平気？」

と訊ねたのであずさは「大丈夫」と湯船に浸かったまま返事をした。

彼が夜番のときは、仕事から帰った彼がすぐにお風呂に入れるよう、あずさはそのまえに風呂を済ませておくのだが、今夜は資料整理に夢中になっていたために少し遅くなってしまった。

「おかえり。ごめんね、なるべく早く出るから」

「ああ、いいよ、気にしないで。あずささん、いま入ったとこ？」

柊が洗面所で手を洗いながら訊《たず》ねたので、浴室の扉を隔てて「あ、うん。そうだけど？」と返事をすると、柊から返事がないまま水の音だけが止まった。

「柊くん……？」

そのまま反応がなかったので、訊ねただけで彼がリビングに行ってしまったのだと思っていたあずさは、次の瞬間浴室の扉が突然開いたことに驚いて、湯船の中で滑りそうになった。

「ちょ、柊くん⁉　な、な……っ？」

「驚かせてごめん。あずささんも入ったばっかりなら一緒に入っちゃえばいいかなって思って」

そう言うと裸の柊が浴室に入って来るなりシャワーで身体を軽く流し、あずさにスペースを空けるよう促してそのまま湯船に入って来た。

「な、なにしてんの！」

「一緒に入ったほうが効率的でしょ？」

「そういう問題じゃない」

あずさがぴしゃりと答えると、柊が少し不服そうに唇を尖《とが》らせた。

恋人同士でもない男女が、一緒に風呂に入るなんてどう考えたっておかしいに決まっている。浴室の電気は明るくて互いの身体がはっきりと見えてしまううえに、狭い湯船の中で密着状態。こんな状況に耐えられるはずがない。

「わ、私、出るからっ……」

「待って待って！　あずささん、まだ髪だって洗ってないんでしょ？」

「あ、あとで大丈夫！　柊くん出たらゆっくり入り直すから」

あずさが柊に背を向けたまま湯船から出ようと腰を浮かすと、柊に腕を摑《つか》まれ彼の腕の中に後ろから倒れ込んでしまった。慌てて体勢を整えようと暴れたあずさの身体は、そのまま柊に抱きしめられてすっかり身動きが取れなくなってしまった。

ポチャン、と浴室の天井から水滴が湯船に落ちる。

「ねぇ、柊くん……悪ふざけが過ぎない？」

「べつにふざけてなんてないよ。一緒に入ったらダメなの？」

「ダメでしょう、普通」

「普通ってなに？　お互い恋人がいない男と女なのに？　この間なんてもっとすごいことしたよ」

「それはっ……そうだけどっ！　あれは……」

確かに一度だけ関係を持った。けれど、ただそれだけだ。

あの夜以来、柊に悪戯なのか気まぐれなのか分からない不可解なキスをされることが増えただけでそれ以上のことはなかった。

「あずささんは、もしかして……俺とのこと、なかったことにしたいの？」

そう言った柊が、湯船の中であずさの身体を抱きしめたまま、後ろから頬にキスをした。

ほんの軽く頬にキスされただけで、あの夜の記憶がフラッシュバックする。柊の気配や匂い、体温が、たった一度の行為でまるで自分の身体に刻み込まれてしまったようだ。

「俺はなかったことにするなんて嫌だ。あの日からずっとあずささんに触れたくて堪らない」

「なに言って……」

確かに柊との行為は、あずさにとっても忘れられないものだった。生まれてこのかた、あんなにも感じるセックスはしたことがないし、あずさにとってまさに人生初めての経験だった。

「また、したいって思ったらダメ？　俺はしたいよ、あずささんと」

――それはどういう意味で？　ただ単にセックスの相性がよかったから？　性欲を満たすのに都合がいいから？

柊が本気になれば、あずさよりずっと若くて可愛らしい女の子と恋愛やセックスのチャンスはいくらだってあるはずだ。あずさだって分別のある大人として、柊の言葉を真に受けてはいけないことくらいは分かる。

「俺、誰にでも見境なくこんなこと言うわけじゃないよ。あの日はあずささんのこと慰めたいって気持ちが大きかったけど、いまはちょっと違う。上手く言えないんだけど……あずささん見てると触れたくて堪らなくなるんだ。それじゃ理由にならない？」

耳元に心地よく響く甘い声で可愛らしく訊ねるなんて狡《ずる》い。

たとえ口先だけだとしても触れたくて堪らないなんて言われたら、やはり心がくすぐられてしまう。

「ねぇ、ダメ？」

耳たぶに、首筋に、肩に、優しくて熱っぽいキスを落としながら訊ねるなんてもっと狡い。

一度きりだと思っていたはずなのに、柊によって落とされるキスの心地よさに身体が欲望に引っ張られてしまいそうになる。

「答えないと拒否じゃないとみなして……勝手に触っちゃうよ？」

そう言った柊が後ろからあずさの両胸をそっと包み込んだ。柊にほんの少し触れられただけで、敏感な肌が粟立《あわだ》っていく。

柊があずさの胸の感触を確かめるように触れた。下から持ち上げるようにゆっくりと乳房を揉《も》んで、指先で胸の突起を捏《こ》ねられるたびに触れられたところが立ち上がっていく。

湯船の中では、身体を隠す手段なんてない。頼りない二本の腕だけでは限界があり、いとも簡単に身体に触れることを許すことになってしまった。

「あずささんの胸、すごくやわらかくて手のひらに吸い付くみたいだ。乳首もこんなに尖ってる」

柊があずさの胸の先を刺激するたびに、身体が小さく震える。

やめなきゃ、こんなのおかしいと分かっているのに、彼の指を拒絶できないのは、身体がこの先にある快感を覚えていて、その強烈な快楽を再び期待してしまっているからだ。

「柊くん……ダメ、そんなふうに弄っちゃ」

「なに？　気持ちよくなっちゃって困る？」

そう言った柊の手が胸から下腹部に移動して、あずさの敏感な部分をそっと指で撫《な》でた。

「下も濡《ぬ》れてきたね。お湯の中でもぬるぬるしてるの分かる。簡単に俺の指飲み込んじゃいそうだ。まだ触ってもないのにエッチだね、あずささん」

耳元で響く柊の低い声に、あずさの身体が小さく跳ねた。

はしたないと思う。柊の甘く低い声を間近に聞いただけで身体がこんなふうに反応してしまうなんて。

敏感な部分を指でほぐすようにそっと触れていた柊の指が、あずさの溢《あふ》れる潤みを利用してするりと中に滑り込んだ。

「……あっ、ん」

「ほら、簡単に入った。あずささんの中、すごく熱いよ。指動かすとねっとりと絡みついてくる。俺の指が中で動いてるの分かる？」

——確かに分かる。自分の中を探るように柊の指が動いているのが。

内壁を擦るように深く指を差し入れたかと思えば、ゆっくりと指を引いて関節を曲げて浅い壁を刺激する。

「あ……っ！　待って……そこ、ダメぇ」

「ダメ？　嘘《うそ》。一番気持ちいいとこ当たったんじゃない？」

「やだ……そこ、やっ、あ」

やめてと懇願しているのに、あずさが声を上げれば上げるほど柊は嬉《うれ》しそうに微笑むだけで決して指の動きを止めてはくれない。敏感な壁の部分を指でそっと押さえたかと思えば、入口の浅い部分で何度も何度も指の抜き差しを繰り返してあずさの反応を楽しんでいる。

繰り返される刺激の数々に耐えきれなくなったあずさは、縋《すが》るように柊の腕を強く摑んだ。

「……も、ダメっ」

「気持ちいいって言ってよ。あずささん、蕩《とろ》けそうな顔してるよ。もっと感じて、もっと乱れて。あずささんのエッチな顔もっと見たい——」

切羽詰まったような柊の湿った声が、狭い浴室に響く。

「あずささん――ねぇ、こっち見て。キスしたい」

柊があずさを後ろから抱き抱えたまま、耳元で囁いた。そのままあずさの耳たぶを食むように唇で愛撫《あいぶ》する。そっと吐かれる温かな息と、ふいに耳の中に侵入してきた柊の熱い舌に腰から力が抜け、ぞくぞくとした感覚に身体が震えた。

「こっち向いて。あずささん……」

人間は快楽に弱い生き物だっていうけれど、本当にその通りだ。

知らなければよかった――甘い誘惑の先にある抗い難い快感なんて。

＊　＊　＊

午後の企画会議を終えて皆がフロアに戻って行く中、あずさは一人休憩を取るためにカフェスペースに立ち寄った。ちょうど仕事が一段落したところで、意識的に休憩を取ることを心掛けている。

遅めの昼休憩を取るスタッフもいなくなり、皆が午後の休憩に訪れる三時前後から外れたこの時間は、周りを気にせず一人でゆっくりできる穴場の時間だ。

いつものようにお気に入りのカフェラテを淹《い》れて一息ついていると、カフェスペースの扉が開いて柊が顔を出し、あずさの周りに誰もいないことを確かめてからこちらに近付いてきた。

「お疲れさま。あずささん、いま休憩？」

「うん。さっきまで隣で会議してたから、そのついで」

同じオフィスビルに勤務しているが、柊とこんなふうに顔を合わせる機会は多くはない。

「あのさ、今日仕事のあと急な予定が入っちゃって――少し遅くなるかもしれないんだけど」

「あ、そうなの。もちろんいいよ、お友達と？　たまにはゆっくりして来たら？」

そう言ったのは、心からだ。同居を始めて二カ月、柊がこんなふうに言ってくるのは珍しいことだった。

「ありがと。でも、そんなに遅くはならないと思う」

「うん、分かった」

柊くらいの若者なら同世代の友人たちと遊ぶのが楽しい年頃だろうが、彼は仕事のあとに誰かと出かけて遅くなるということがほとんどなかった。かといって、彼に親しい友人がいないわけでもない。休みの日は普通にどこかに出掛けているようだし、時折、誰かと電話で話していたりする口調は親しげで、気の置けない相手がいるのだろうということはあずさにも想像がついた。

同居の条件は、確かに家事全般を柊が引き受けるということだったが、あずさのほうはそこまで彼に家事を求めてはいないし、たまに誰かと出かけるくらい好きにすればいいと思っている。

「夕食、今日はごめんね」

申し訳なさそうに謝る柊を見て、あずさは思わず吹き出してしまった。

「もう！　柊くんたらお母さんみたい。私のことはいいから！　ね？　久しぶりなんだからゆっくりしてきたらいいよ」

あずさが言うと、柊が「ありがと」と言ってまるで家にいるときのように不意打ちのキスを頬にしてきたので、あずさは驚いて反射的に後ろに飛び退いた。

「もう……！　ここ会社！」

抗議の眼差しを向けると、柊は特に悪びれるふうでもなくにこにこと笑っている。

「誰かに見られたらどうすんの」

「俺は、気にしないけどね」

「私が気にする！」

あずさが頬を膨らませて柊を睨《にら》むと、彼が「ははは」と軽く笑ってからあずさの頬を指で突いた。

その時、ふいにカフェスペースの扉が開いて最上が顔を出したので、あずさは不自然でないよう柊から距離を取った。

「滝川、ここにいたのか」

「最上……」

傍にいた柊が何事もなかったように最上に軽く会釈だけして、さりげなくカフェスペースの隅に移動してゴミを片付け始めたのを見ていた最上があずさに訊ねた。

「あ、話し中だった？」

「ううん。ちょっと挨拶してただけ。最上こそ、なにか用だった？」

「いや……用ってほどじゃないけど、ちょっと話したくて。最近、ずっとバタバタしてあんまり話せてなかったろ」

そう言った最上が自動販売機で缶コーヒーを買ってあずさの向かいの席に座ると、いつもより声を弾ませながら言った。

「粘った甲斐《かい》あって、多機能ペンの企画、今度役員プレゼンできることになったんだ！」

「え、本当？　中堂チーフのＯＫ出たんだ？」

企画会議のあと最上がこの件に掛かりきりになっているのは知っていた。

元々会社が安価な多機能ペンの新作に力を入れていたため、最上の提案はアイデア自体評価されたものの、何度か会議を重ねていくうちにチーム内でも実際商品化するには厳しいとの意見もあり、かなり難航しているようだった。それでも役員プレゼンまで漕《こ》ぎつけたということは、それだけ最上が努力したということだ。

「ああ、一応な。けど、俺の押しに根負けしてって感じだから、役員プレゼンで難色示されたら一巻の終わりだけど」

「それでも一歩前進したってことでしょう？　すごい、最上。よかったね！」

「まぁな。元々のアイデアくれたの滝川だったし、ちゃんとお礼言っておきたくてさ。—

──ってわけで、今夜久しぶりに飯でも行かないか。お礼兼ねてるから、もちろん奢《おご》るし」

最上に訊かれて、あずさは隅で作業をしている柊に視線を移した。

今夜は柊も遅くなると言っていたし、最上の仕事が前進したお祝いに付き合うのもいいかとあずさは彼の誘いを受けることにした。


最寄り駅近くの馴染《なじ》みの居酒屋で食事をして、店を出たのは午後九時過ぎだった。最近は、同じ部署にいながら話す機会もなかった最上と久しぶりにゆっくりお互いのことを話すことができた。

恋愛感情を抜きにしても、入社当時からのよき仲間であり、ライバルでもある最上と仕事の話ができるのはやはり嬉しいものだ。

「それじゃ、ここで」

居酒屋のある細い路地から大通りに出たところで、あずさは最上に手を振った。

いままでなら最上と一緒にいられる時間を少しでも引き伸ばしたくて必死で頭の中で策を練っていたが、振られてしまった今となってはもうそんなことを考える必要もない。

ひらひらと手を振って最上に背を向けて歩き出すと、後ろから「滝川！」と声を掛けられ、あずさはゆっくりと振り返った。

「なぁに？」

「こういうの……迷惑か？」

「え?」

「いままでみたいに……飯行ったり、愚痴言い合ったりするのは迷惑かな。おまえの気持ちに応えられなかったくせに、虫がよすぎるのは分かってるんだけど。俺……滝川とはさ」

少し遠慮がちに訊ねる最上の言葉が、何を意図しているかは察することが出来る。

「迷惑なわけないでしょ。最上は私にとって最強の同志でライバルなんだから——この間の私の告白は忘れて! これまでどおりでいよう。ね?」

あずさが答えると、最上が心からほっとしたような表情を浮かべた。

少なくとも最上に嫌われてはいない。恋人にはなれないと言われたが、彼なりにあずさを大切に思ってくれていることと、これまで築いてきた関係性を壊したくないという強い意思は伝わって来る。

「——よかった。俺、滝川いないとダメみたいなんだわ」

「なにそれ」

「いや……おまえとは一緒に作ってきたものも多いしさ。なんて言うか、その……信頼してるし、嬉しいことはやっぱり一番に話したいって思うし」

仕事面に限らず、そう言ってもらえたらどんなによかっただろうと思ったが、こういう正直なところもあずさが彼を好きになった理由の一つだった。

「ありがと。それは、私も同じ気持ちだよ。私も最上のことは信頼してるし、なにかあったら一番に相談したいって思うもの。……そういうことでしょう?」

あずさが訊ねると、最上が「ああ」と頷《うなず》いた。

狭いな、とは思う。けれど、やはり悪い気はしないし、変に誤魔化したりせずに真っ直ぐに自分の考えを伝えてくるところは最上らしいなとも思う。

あずさだって同じだ。恋人になれなくても、いつまでも彼の一番近くで仕事をしていたいという気持ちは変わらない。


マンションに帰ると、すでに玄関に柊がいつも履いている靴があったが、リビングは薄暗い間接照明だけになっていて彼の姿はなかった。

「柊くん、帰ってる？　開けていい？」

彼が使っている和室の引き戸をコンコンと叩《たた》くと、中から返事があった。あずさが引き戸を開けると柊が胡坐《あぐら》をかいて布団の上に広げていた書類のようなものを手際よく纏《まと》めて隅に片付けていた。

彼にこの和室を貸して二カ月経つが、部屋の中は何も変わっていない。

ある程度生活していけば、必然的に物が増えたり、部屋のレイアウトが変わっていったりするものだと思うが、元々物置代わりのこの部屋にあったあずさの荷物は彼が来る前と変わらず同じ場所に置かれたままだ。

荷物も全く増えていないというわけではないが、必要最小限の着替えや生活用品が買い足された程度で、それらが部屋の隅に纏めて置かれている。

風呂上がりなのだろう、彼の部屋がほのかな石鹸《せっけん》の香りに満ちていた。

「早かったんだね。ゆっくりして来ていいって言ったのに」

「いや、たいした用じゃなかったから。あずささんこそ早いね。夕食、外で食べてきたんだよね」

「あ、うん」

「夕方、カフェスペースに来てた人と？　大人っぽくてカッコいい人だね。俺、まえにも何度かあずささんとあの人が一緒にいるの見たことある。随分仲がよさそうだった」

「うん、まぁ……同期入社だから仲はいいよ。部署もずっと同じだし」

あずさが答えると、柊があずさをじっと見つめてから、言葉に出すのを一瞬ためらうような様子を見せたあと遠慮がちに訊ねた。

「あの人なんでしょ？　あずささんがまえに言ってた事情ありの人」

探るようでいてどこか確信に満ちた柊の視線を受け止めながら、隠したところで意味はないと諦めてあずさは頷いた。

「柊くんって、いろいろ鋭いよね……」

あずさが引き戸を開けたままその場にしゃがみ込むと、柊があずさを布団の上に座るよう促した。

「分かるよ。二人でいるときの雰囲気がすごく親密そうに見えた」

「え？」

「自覚ないの？　誰が見たって気付くレベル」

ほとんど接点のない柊の目に自分たちがそんなふうに映っているのだとしたら、あずさの最上に対する好意なんて実のところ誰の目にも分かるようなものだったのかもしれない。

「不憫《ふびん》だね」

柊の一言があずさの胸を抉《えぐ》る。

「もー、言い方！　不憫って酷くない？」

あずさが冗談交じりに柊の腕を叩こうと手を挙げると、彼があずさの腕を掴まえた。

「やめちゃえばいいのに、そんな男」

柊が真剣なまなざしであずさを見つめた。彼の言葉に意味などないと分かっていても一瞬ドキッとしてしまう。

「分かってるんだ、頭では。そうできたらいいとも思ってるのに――」

「諦めることできない？」

「――うん」

最上に対する気持ちに恋愛感情だけでなく、これまで培ってきた友情という土台まであるから余計にややこしい。これが単純に恋心だけならどうだっただろう。もしかしたら、もっとスッパリ気持ちを切り替えられたかもしれないとも思う。

「なんか妬けるな。あずささんがあの人のこと好きなんだって思ったら」

「ふふ、なにそれ」

「だって。いまは俺のほうがずっとあずささんの近くにいるのに」

「まぁ、物理的にね」

「うーわ、酷っ。それだけ？」

「それだけよ」

　敢えて突き放すように言ったのは、自分と柊の関係はずっと続くものではない期間限定のものであって、近いうちにこの同居が解消されれば消えてなくなってしまうものだと分かっているからだ。

「付き合いの期間なんて問題じゃないよ。俺だってあの人よりあずささんのこと知ってる。仕事が大好きで家でもめちゃくちゃ頑張ってるとことか、世話焼きで困った人ほっとけなくて、得体のしれない男を家に置いちゃうくらい男前で優しいとことか。そのくせすごく可愛くて、エッチで。乱れた姿なんてびっくりするくらい色っぽくて――そういうの、あの人は知らないんでしょ？」

　そう言った柊が急に圧し掛かってきたため、あずさはバランスを崩して布団の上に仰向けに倒れ込んだ。自分を見下ろすどこか真剣な柊の顔にドキッとする。

　――なんだろう、これ。

　まるであずさが自分のものであるみたいな、彼の気まぐれな独占欲のようなものに少し心くすぐられてしまう。

「俺、あの人の知らないあずささん知ってるよ」

柊があずさのスカートの裾に手を伸ばし、そっと太腿《ふともも》に触れた。

「こらこらこら。どさくさに紛れてどこ触ってんの。ダーメ」

「ダメって言われると余計意地悪したくなるな。あずささん、可愛いんだもん」

「ちょ……っ」

あずさの唇を覆うように塞いで、逃がさないとでもいうように強引に舌を絡ませてきた柊に抵抗できたのはほんのわずかな時間だけだった。

あっという間に着ている物を剝ぎ取られ、気付けば身体を好きなようにされていた。

「あっ。そこ、やぁ……」

柊の細く長い指があずさの中を探るたびに、一番奥から溶けだした愛液が潤滑油となり彼の指が一層滑らかに動きまわる。奥深くまで指を差し入れたかと思うと、浅い入り口付近を執拗《しつよう》に撫でてみたり、割れ目を広げて硬く膨れ上がった敏感な部分を刺激したり、柊はあずさの感じるところを攻め立てて翻弄する。

「ねぇ、あずささん。……今日は一段と感じやすくない？　指で弄っただけでいまにもイっちゃいそうだ」

「――っ、ぁあ」

普段足を踏み入れるときには気付かなかったけれど、狭い和室にいつの間にか柊の匂いが充満している。

彼の匂いのする布団の上で抱かれるのは、五感を彼で埋め尽くされているような感覚に近い——とあずさは思った。優しい眼差しで見つめられ、甘い声で囁《ささや》かれ、深いところに触れられ、キスで味を分け合って、彼の匂いに包まれる。

でも、その埋め尽くされる感覚が嫌じゃないどころか、驚くほど心地いいのはなぜなのだろうか。

「あずささん、もう挿れるよ？　もうちょっと足広げて？」

うつ伏せにされ、布団の上に顔を押し付けるようにしながら、腰を高く持ち上げられたまま柊を受け入れる。

「……あっ、ふぁっ、ん」

柊に身体の奥を圧迫されるような重みが、切なくもあり、気持ちがいい。

「あずささん。声、甘くて可愛い」

そう言いながら小さな呻《うめ》き声を堪えるように奥まで辿《たど》り着いた柊が大きく息を吐いた。

「……あずささんの中、マジやばいな。挿れただけで気持ちよくておかしくなりそう」

おかしくなりそうなのは、あずさも同じだった。どうしてただの同居人であるはずの柊の熱をこんなにも心地よく感じてしまうのか。すでにこの先にある快感を知っているからなのか、彼が中にいることだけでは物足りなくなっている。

「ねぇ、動いていい？」

あずさが小さく頷くと、柊がそれを待っていたかのように腰を動かした。はじめはあずさの身体を気遣うように遠慮がちだった腰つきが次第に激しくなって、その動きに身体が

激しく揺さぶられた。

「ああっ、んぁっ、はぁ……やぁん」

「ごめん、あずささん。腰止まんないや……優しくしたいのにっ」

身体が揺さぶられるたびに、激しい快感が押し寄せて来て何も考えられなくなる。

身体中で感じている気持ちいいという感覚と、それをもっと欲しいという激しい欲求だけが頭の中を支配する。

まるで麻薬だ。一度味わってしまったら二度とやめられない——。

散々あずさを翻弄した柊が、強引にあずさから身体を引き抜いた。あと少しで達するという寸前のところでどうしてとあずさが振り返ると、柊が嬉しそうな表情を浮かべてあずさの愛液の溶け出した部分を見つめている。あまりの恥ずかしさに顔を覆いたくなったが、途中で放り出された奥の疼《うず》きに耐えきれず、縋るように柊を見つめ返した。

「あずささん、イイとこで抜かれて物足りないって顔してる。ごめん、まだイきたくなくて」

そう言った柊があずさの身体をうつ伏せの状態から仰向けに変えた。

「イくときの表情見たいから、ちゃんと顔が見えるようにもう一回ね」

微笑んだ柊が、あずさの膝に手を添えて両足を開かせたかと思うと、そのまま一気に中に押し入って来たその性急さに、あずさはほとんど声にならない悲鳴を上げた。

「ああ。後ろからもいいけど。やっぱり顔が見えるのってすごくいい」

柊が思いきりあずさの足を広げ、奥の奥まで入って来た瞬間、その激しい快感に身体中が震えた。

「……深いっ、の。ダメっ、変になっちゃ……」

「変になっていいよ。もっともっと乱れた姿が見たい。誰にも見せてないあずささんを俺にだけ見せて」

柊の言葉に深い意味なんてないのは分かっている。分かっていてもこんなにも独占欲が溢《あふ》れて聞こえる甘い囁きはあずさの心と身体を麻痺《まひ》させる。

柊の優しく触れる手も、身体の中で質量を増して一層高まる熱も、深い吐息も、甘い囁きも何もかも自分のものではないと分かっているのに、離したくないなんて思ってしまう。

「柊、くんっ……も、イっちゃ……ぁ」

「うん……俺ももう限界っ」

こういう関係を世間一般的にはセフレというのだろうか。

二度あることは三度ある――なんていうけれど、理性と欲望を天秤《てんびん》にかけた結果、抗えなかった欲望は、彼の誘いのたびにその記録を更新するようになった。

頭では分かっていても、誘惑には抗えない。

好きな人がいるのに――。

けれど、どうにも埋められない心の隙間にすっと入り込んでくる若くて魅力的な男の甘い誘惑を拒絶できる女なんて、一体この世の中に何人いるのだろうか。

＊＊＊

「お疲れさまです」

定時を過ぎて次々と退社していく同僚たちを見送りながら、あずさはどうしても区切りをつけておきたかった仕事を三十分ほどで終えて席を立った。

企画部のフロアにはあずさ以外に残っている者はいないが、隣の営業部は誰かがまだ仕事をしているらしく、明かりが点いていた。

フロアの電気を消して廊下に出ると、ふと視線を移した窓のガラスに雨粒がついているのに気が付いた。

「雨？　あ、傘！」

あずさは再びフロアに戻ろうと踵《きびす》を返したが、あることを思い出して足を止めた。

普段はデスクの中に折り畳み傘を置いているのだが、つい最近も急な雨に降られ、使った傘を家に置き忘れたままだったことに気が付いたのだ。

「仕方ない。コンビニで傘買おう」

小さく呟《つぶや》いて時間を確認するためにバッグの中のスマホを探っていると、ちょうど手にしたタイミングで電話が鳴り出し、慌ててその電話に出た。

「もしもし……？」

『あ、あずささん？　いまどこ？』

こんな時間帯に柊から電話が掛かって来ること自体珍しいため、不思議に思いながら一つ上の階に止まっていたエレベーターを呼んで乗り込んだ。

「どこって……会社出るとこだけど。雨降ってきちゃったから、傘買って帰ろうかと思って……」

『ああ、待って！　それなら大丈夫。俺、いま通り挟んだ角のコーヒーショップにいるんだ。迎えに行くからそこで待ってて』

慌てたように電話越しに言った柊が、あずさの返事を待たずに電話を切った。

わけが分からなかったが、あずさが首を傾げながらも言われたとおり建物に留まっていると、電話を切ってから五分もしないうちに柊が傘を持って現れた。あずさに気付くと慌てて傘を畳んでエントランスに入って来て、肩の上の雨粒を払いながら微笑んだ。

「お待たせ」

「え？　ていうか、どうして？」

普段なら柊はここでの仕事を五時には終えて、今ごろ家で夕食の支度をしている時間なのだ。

「なんでって。迎えに行くって言ったじゃん」

「そうじゃなくて。家にいるんだと思ってたから。こんな時間まで仕事だったの？」

「ああ、うん。ちょっと他の現場でトラブルがあってそっちのヘルプに行ってたんだ。少し前に終わったんだけど、あずささんも仕事終わる頃じゃないかって思ってさ。連絡して正解だったな。今日も残業？」

偶然だったとはいえ、タイミングよく柊に会えるなんてラッキーだった。傘を買うことが惜しいというわけではないが、ビニール傘は買い始めると知らぬ間にどんどん増えてしまう。家に無駄な傘を増やさないためには、少しでも買う機会を減らしていくしかない。

「明日から夏休みだから、仕事区切りのいいところまで終わらせておきたくて」

「そっか、夏休みか！　いいなぁ……」

「柊くん、半分は仕事だって言ってたよね」

八月半ばのいわゆる世間でいう盆休みの時期、明日から約一週間プリンス事務も夏季休暇に入る。柊もプリンス事務での仕事は休みになるが、その間は他の現場に行くことになっていて、実質もらえる休みは三日ほどだと言っていた。

「ちょっと狭いけど我慢して」

そう言った柊が持っていた傘を広げたので、あずさはその傘に入れてもらい会社を出た。傘の中にいるとよく分かるが、思ったより降っていて傘に当たる雨粒の音が大きく響いて聞こえた。

「ほんと助かった。柊くんが来てくれて」

「でしょ。傘も買うとどんどん増えてくしね」

柊がそっとあずさの肩を抱いて、少し歩調を速めた。背の高い柊があずさを雨から守るように肩を抱き、傘をこちらに傾けてくれている。あずさより随分年下な柊が、急に大人びて見えるのはこんなときだ。

——ちゃんと、男の人なんだな。

歩いているうちに雨脚がだいぶ和らいできて、駅に着くころには霧雨になっていた。

「雨、止んできた。これなら普通に帰れるね」

屋根の下に入って傘を畳んだ柊のシャツの肩の部分が濡れて色を変えていた。

「肩濡れちゃってるじゃない」

あずさがバッグの中から小さなタオルを取り出して柊の上着を軽く拭うと、柊が「ありがと」と柔らかく微笑んだ。少しはにかみながらも、真っ直ぐにこちらを見つめる彼の視線にドキッとする。

元々綺麗《きれい》な顔立ちをしていることもあり、柊の顔を見ててドキッとすることはこれまでにも幾度となくあったが、最近はその頻度が増えている気がする。

それはただ単に柊との距離感が変わったせいなのか、あずさ自身が彼を以前とは少し異なる目で見るようになってしまったからなのかは分からない。ただ、何かが違うと感じている。

その時、ふとどこからか誰かがこちらを見つめるような視線を感じた気がした。

あずさがきょろきょろと辺りを見渡すと、それに気付いた柊が「どうかした？」と訊ねた。駅の構内はちょうど帰宅ラッシュの時間帯で、仕事帰りのスーツ姿のサラリーマンや学校帰りの学生たちが行き交っている。

「ああ、うん。なんか誰かに見られてる気がしたんだけど……」

会社近くの最寄り駅で、当然職場の人間も数多く利用している駅だ。知り合いに会ったとしてもなんら不思議ではない場所だが、あずさが辺りを見渡した限り職場の人間らしい人影は見当たらなかった。

「気のせいか」

「行こう、あずささん」

柊に促されて改札を抜けホームに向かった。

時間通りにやってきた電車に乗り、家に着くまでの途中に立ち寄ったスーパーでも何か同じような視線を感じ、柊に気付かれないようさりげなく辺りを見渡してもやはり誰もいない。

気のせいかと思いつつも、なんとなく気味悪さを感じた。けれど、それを柊に言うのをやめたのは、彼に余計な心配をかけたくなかったからだ。

＊　＊　＊

夏休みはあらかじめあずさに入っていた予定と柊の休みが重なってしまったために、これまでなかったほどのすれ違いの生活になった。

あずさは実家に帰省して休みの半分は地元で過ごしていたし、こちらに戻って来てからは一度白石と飲みに出掛けたのと、仕事が早く終わった柊と食事に出かけたくらいで、一週間の夏季休暇はあっという間に終わってしまった。

「滝川、ここいいか？」

昼休憩に訪れた社員食堂で声を掛けられて顔を上げると、あずさが返事をするより早く目の前のテーブルに着いたのは最上だった。一番混み合う時間帯の社員食堂は人で溢れていて空いている席を探すのが難しい。最上に声を掛けられたとき、あずさは半分ほど食事を終えたところだった。

今日は午前中、一度も最上を見かけなかった。朝から取引先に出向いていて、いま戻ったばかりなのだろう。

「珍しくダルそうだな？」

本日の日替わりメニューがのったトレイを前に、両手を合わせた最上が笑った。

「だって休み明けだもん。まだ気持ちが仕事モードに戻ってなくて」

「夏休み、なにしてた？」

「実家に帰って地元の友達と飲んだりしてた。最上は？　なんか焼けたんじゃない？」

「ああ。俺も地元に帰って連れとサーフィンしたりしてて」

「どうりで」

笑うと目を引く最上の白い歯が、焼けた肌との対比でますます爽やかに見えた。

「ところで滝川。来週末の約束、忘れてないよな？」

「もちろん！」

「なら、いいけど」

約束というのは、以前から最上に誘われていたブルーマックスのライブだ。熱狂的というほどでもないが、彼らの古くからのファンであるあずさも最上も、年に一度夏の終わりに行われるライブを楽しみにしている。

「開演、五時半だったよね？　何時ごろ行く？　私、今年もグッズ買いたいんだよね！」

「言うと思った。じゃあ、少し早めに会場着くようにしようぜ」

そこからは最上とライブに向けてブルーマックスの話題でひとしきり盛り上がった。

最上との間に生まれた違和感が少しずつ薄れていく。これまでと同じように、とそこまで意識しなくとも長年気の置けない同僚として付き合ってきた積み重ねた過去がいまのあずさを救っている。

「あ。私、そろそろ！　午後一番に広報に顔出さなきゃいけなくて」

あずさが腕時計を見ながら言うと、すでに食事を終えていた最上も「俺も打ち合わせだ」と慌てたように残りのお茶を飲み干した。

「それ、貸して。一緒に片付けとくから」

あずさが食事を終えた食器とトレイを二人分まとめて立ち上がると、最上が「サンキュ」とそのあとに続いた。あずさが返却口に食器を戻していると、後ろにいた最上がふいに首筋に触れ、驚いたあずさは思わず飛び退いてしまった。

「な、なに？」

「いや。ここ、赤くなってるから」

「え、本当？　なんだろ？」

首筋に注がれている最上の視線を不思議に思いながらも、あずさは再び時間を確認して、食堂を出たところで最上と別れた。

その夜、帰宅してから風呂に入ろうと洗面所で服を脱いでいるときに、ふと鏡を見て自分の首筋の赤みに気が付いた。

ああ、これ――昼間最上に指摘されたところだ。鏡に近づいてその赤みをまじまじと見つめてはっとした。

「これって……キスマーク⁉」

あずさは昼間の最上の様子を思い返して、恥ずかしさのあまり下着姿のままその場にしゃがみ込んでしまった。

首筋の赤い痣《あざ》は、きっと柊に抱かれたときに付けられたものだ。

「やだ……よりによって最上に指摘されるなんて」

最上は気付いてた――？　気付いててわざと――？

でも、彼に限ってそんな無粋なことをするだろうか……と思ったが、本当のところは分からない。

「なんでこんな場所に……」

あずさはゆっくりと立ち上がって、再び鏡に映る自身の姿を見つめた。

なんで、なんて言えた立場じゃない。最上のことを諦めきれないまま柊に身体を許している愚かな行いが、自身に返って来ているだけのことだ。

もし、最上が気付いていたとして――彼はこの痣を見てどう思ったのだろう？

そう考えて青ざめた。この期に及んで最上に変な誤解をされたくないと考え、次に会ったときの言い訳で頭の中がいっぱいになってしまう自分に嫌気がさす。

――なにも思うわけないじゃない。

付き合えない、そう言ったのは最上のほうなのだ。分かっていても気持ちが沈む。平気なふりをしていても、まだ心のどこかで彼への想いを引き摺《ず》ってしまっている自分が未練がましくて嫌になる。

＊　＊　＊

最上と約束していたライブの日は、この夏一番の暑さだった。

ブルーマックスのライブは毎年地元の一万五千人規模のアリーナで行われる。地元といってもアリーナは電車で三十分ほど掛かる場所にあり、あずさたちは目当てのツアーグッズを買うため開演時間の二時間前に会場の最寄り駅に到着した。

向かう電車の中でもグッズやシャツを身に着けたファンを目にしたが、駅にはどこからこんなに人が集まったのかと思うほど大勢の人が溢れている。

会場のアリーナは市街地から離れた町にあり、駅から徒歩で十五分ほどの小高い丘の上に位置する。

「すごい人だね」

あずさと最上も会場に向かって歩く人の波に流されるように歩き出した。お互い職場にいるときとは雰囲気の違うライブ向けのラフな服装だったが、そんな私服姿も入社から七年の長い付き合いで見慣れたものになっていた。

「うわー！　もうすぐだって思ったらドキドキしてきた」

「俺も。毎年来てるのに開演前ってやっぱドキドキするよな」

「分かる！　ねぇ、最上。着いたらとりあえずグッズ買いに行っていい？」

「もちろん」

あずさたちがライブ会場に着いたのは午後三時半を少し回ったところだった。すでにグッズ売り場にも長い行列ができている。

「やっぱ、混んでるなぁ……」

あずさたちはグッズ売り場の行列の最後尾を見つけて、そこに並んだ。アイドルグループほどではないが、ブルーマックスもツアーグッズの種類が多くとても充実している。

三十分ほど行列に並んでようやくグッズを買い終えたのはちょうど開演一時間前だった。

「もうそろそろ開場だね」

ようやく開場時間を迎えて中に入る際、入り口付近が非常に混雑していた。

あずさは会場に入るなり慌てて席に向かう大勢の観客の波に押され、バランスを崩して転びそうになったところを最上に支えられ、気付けば彼の腕の中にいた。驚いて顔を上げると触れそうなほど近くに最上の顔があり、想像を超える至近距離に心臓が跳ねた。

「滝川、大丈夫か?」

「うん、平気。……ちょっとびっくりしたけど、グッズは死守した」

ドキドキしているのを誤魔化すために少しおどけて答えると、最上が呆《あき》れたように小さく笑った。

「バーカ。グッズよりおまえの怪我のほうが心配だわ。それ、貸せよ」

そう言った最上が、あずさが買い込んだグッズの入ったトートバッグを肩に掛けると、そのままそっとあずさの手を引いた。

「また転んだり、はぐれたりすると危ないからな」

「ありがと……」

最上にとってそれが言葉通りの意味なのだと頭では分かっていても、摑まれた手が熱を持ってしまうのは、あずさの気持ちがまだ最上にあるせいだ。

——こんなことで、嬉しいなんて。

諦めなきゃいけないと分かっているのに、彼の何気ない優しさがあずさの胸を締め付ける。

けれど、こんなことは初めてだった。最上とはライブ以外に何度も一緒に出掛けたことがあったが、手を繋《つな》がれたことなんて一度もなかった。

こんな、恋人同士みたいなこと――ますます落ち着かない気持ちになってしまう。

チケットに指定された席に着くと、スタンドの前のほうに座っているファンが買ったばかりのグッズを身に着け、ライブに向けての準備をしているのを見て最上が訊ねた。

「滝川は？　ああいうのしなくていいのか？　さっきいろいろ買い込んでたろ？」

最上はグッズにはそれほど興味がないらしく、ライブ中に振り回すのが定番になっているタオルを買っていたくらいだ。

「あ、うん。タオルはライブで使うから手に持ってようかなって。あー、でもせっかくだからネックレスくらい着けてみようかな」

「ああ」

最上がバッグの中からあずさが買ったネックレスを探して取り出した。

「俺がやるよ」

最上があずさの首の後ろに手を回して慣れた手つきでネックレスを着けてくれたのだが、手を離す瞬間、彼の指があずさの首元に掛かった髪をそっと梳《す》いたのにドキッとした。

向かい合わせているからか、なんとなく顔が上げられない。

ちょうどそのとき、あずさのショルダーバッグの中のスマホが短い通知音を立てた。

「あ、そうだ。マナーモードにしとかなきゃ！」

スマホを取り出し、マナーモードに切り替えてから、通知があったＳＮＳの内容をチェックすると柊からのメッセージが入っていた。

「ライブ楽しんでね」という短いメッセージと、可愛らしい動物のキャラクターが飛び跳ねているスタンプを見て思わず口元が緩む。

「誰？」

「あ、うん。友達から。ライブ楽しんで、って」

そう答えてスマホを再びバッグの中に戻すと「友達……ね」と呟くように言った最上がじっとあずさを見つめながらこちらに手を伸ばした。

「そういえば、ここの赤み、引いたんだな」

最上がそっと触れたのは、以前指摘された首筋の赤い痕のあった場所だった。

──やっぱり、最上は気付いていた？

だとしたら、彼は一体何を思ったのだろう。付き合えないと言われているのに、振られているのに、最上のどこか意味ありげな視線にいたたまれない気持ちになって思わず目を逸らした。

「滝川、おまえさ……」

最上が何か言い掛けたとき、会場がフッと暗くなり、メインステージにスポットライトが当たった。同時に辺りがキャーという黄色い歓声に包まれ、観客たちが一斉に立ち上がり、大音量のイントロとともにライブが始まった。

約三時間近いライブを楽しんだあと会場を出たあずさと最上は、ライブお疲れ様会と称して自宅の最寄り駅近くの居酒屋に立ち寄った。何杯目かになるビールを飲み干して、あずさは満足げに口元を拭った。

「超よかった！　マジでよかった！　どうしよ、まだ興奮でドキドキしてるー！」

「はは、俺も。アンコールやばかったな」

「すごく盛り上がったよね！　ラストはもう感極まって泣いちゃった」

「ホント、ビビったよ！　気付いたら隣でボロ泣きしてるし」

汗だくで盛り上がって、タオルを振り回した興奮がいまだ冷めない。

飲んでいる間もずっとライブの話で盛り上がっていた。話が尽きない――同僚として友人として気の合う最上の存在はやはりあずさにとって特別なものだ。

小一時間ほど飲んで居酒屋を出たころには、十一時を過ぎていた。

「あー、ほんと楽しかった！　最上、このまま帰るでしょ？　ここで解散ってことで。今日はありがとね」

最上のマンションはこの居酒屋から徒歩で五分程度。あずさのマンションは一度駅まで戻り、南に向かった場所にある。あずさが店の前で彼に手を振って歩き出すと、後ろからその手を摑まれた。

「滝川。ちょっと待てってって！　時間遅いし、送るよ」

「や、大丈夫だって。遅いから駅からタクシー乗るつもりだし、駅もすぐだし」

「じゃあ、駅まで送るよ。それくらいさせろって」

すでに遅い時間であるため、通りは人もまばらだ。駅までは距離にすればさほどでもないが、大通りから一本奥に入った細い路地を歩いて行くため、少し心細いという点においては最上の申し出は正直とてもありがたかった。

ライブの余韻があまりに心地よくて少し飲み過ぎてしまったのか、わずかに足元がふらつく。歩道と車道の間の段差に足を取られて躓《つまず》きそうになったところを、間一髪、最上が伸ばした腕に支えられた。

「おい、大丈夫か？」

「あ……うん。ありがと」

最上の胸に倒れ込むようなかたちになってしまって慌てて身体を離したが、依然彼は腕を掴んだまま あずさを見つめている。

「最上……？」

どうしたのだろうと最上を見つめ返すと、彼が何か言いたげにしながらも、それを口に出すか迷いを見せ、少し間をあけてから覚悟を決めたように言った。

「滝川、おまえ……あいつとどういう関係なんだよ」

訊ねた最上の口調に僅かに不機嫌さが含まれていると感じたのは気のせいか。

「え？　あいつって……誰のこと？」

「うちのオフィスに出入りしてる若い男の清掃員だよ。滝川とどういう関係？」

　そう訊かれて、あずさは自分と柊の関係について最上が訊ねているのだということを理解したが、同時に疑問が浮かんだ。

　柊との関係は誰にも話していないし、職場でも顔を合わせればごく普通に挨拶を交わす程度で、特に親しげにしたことはない。

「俺、見たんだよ。いつだったたか、おまえがあいつと帰って行くとこ。駅で偶然見かけて……気になって追い掛けたら二人でおまえのマンションに――」

　最上の言葉に、思い当たることがあった。

　雨の降っていた夜、柊が職場に迎えに来てくれて、二人で帰宅したことがあったのを思い出した。普段は柊とは終業時間が違うため、彼と一緒に帰ったのはここ最近ではあの日しか考えられない。

　あの夜、誰かに見られているような何とも言えない違和感を覚えたのは、最上に目撃されていたからなのか。

「あとをつけたのは悪かった。でも、気になって……あいつとどういう関係なんだよ？」

「……どういうって」

　どう説明するのがいいのだろうか。そもそもあずさにだって柊との関係性がよく分かっていないのだ。ただ、すべてを包み隠さず話すべきでないことくらいは想像がつく。

言葉に迷っていると最上があずさの首筋にそっと指で触れた。いまは消えてしまっているが、柊が付けた痣があった場所に意図的に触れているのが分かる。

「あいつなのか？　おまえにあんな痕付けたの。誤魔化したってさすがに気付くよ。滝川は、俺が好きなんじゃなかったのかよ」

そう言った最上が自分自身の言葉に驚いたようにはっと表情を変え、慌ててあずさの首筋から手を離した。

「ごめん――なに言ってんだろうな、俺。気持ちに応えられないって言ったの俺のほうなのに。勝手だよな。引くわ、自分で」

自分自身に呆れたように表情を歪《ゆが》めた最上が、しばらく俯《うつむ》いてから顔を上げてあずさを真っ直ぐ見つめた。

「自分勝手なこと言ってるのは分かってるんだ――けど、滝川が他の男のものになるのはなんか嫌だ」

彼の言葉を頭の中で反芻《はんすう》しているうちに、あずさはいつの間にか最上に抱き締められていた。

「最上……」

人通りの少ない路地ではあるが、駅前の大通りからはすぐだ。人に見られてしまうようなこんな場所で、最上に抱き締められている。あずさは自分の置かれた状況に戸惑いながら絞り出すような声で訊ねた。

「どうした、の？」

密着した身体と、最上のシャツから香る柔軟剤の香り。布越しにでも伝わる最上の体温。確かにいま、あずさは彼の腕の中にいる。

「ね、ねぇ……！　本当にどうしたの？　酔ってる？」

「酔ってる……のかな」

最上が答えたその時、あずさのバッグの中でスマホが小さな振動音とともに震えた。

「あ、電話。マナーモードにしたままだった。こんな時間に誰だろ」

慌ててバッグを探ろうとしたその手を最上に阻まれて動けなくなってしまった。

少し腕を動かしてみたが、抱き締められたままの身体はそれ以上身動きがとれなかった。力強くて少し痛いくらいの最上の腕に、強い意志が感じられて、あずさはそれ以上彼に抵抗するのを諦めてしまった。

「俺、後悔してるのかも。滝川と付き合えないって言ったこと」

最上があずさを抱き締めたまま低い声で言った。

「――え？」

それはどういう意味？　そう訊ねる間もない一瞬の隙、あずさは最上に唇を塞がれていた。

そっと押し当てられた唇は温かくてわずかに湿り気を帯びていて、その熱も感触も柊とは違っていた。バッグの中のスマホがいまだ小さな音とともに震え続けている。

なんで？　どうして？

混乱して目を見開いて固まったままのあずさを、いつになく熱っぽい目で最上が見つめていた。

「――ここまでしたらもう誤魔化せないな。勃たないからって性欲がないわけじゃない。ただの同僚で我慢できなくなりそうなのは、俺のほうかもしれない」

そう余裕なく言った最上の表情が、あずさの頭に焼き付いて離れなくなった。

第六章　戸惑いと二人の男の対峙《たいじ》

週明けの職場でどんな顔をして最上と会えばいいのかと思い悩んでいたあずさだったが、お互いの抱えている仕事が忙しく、顔を合わせる機会もほとんどないまま再び週末を迎えていた。

時間が経つにつれ、あの夜のことが現実ではなかったような気がしてくる。

「――あずささん」

名前を呼ばれてはっと顔を上げると、柊が少し心配そうな表情であずさを見つめていた。

「ああ、ごめん。なぁに？」

「いや。あずささん、ぼーっとしてるから。それ、いいの？」

柊が指さしたあずさのパソコンの画面には同じアルファベットの文字が五行近く連なっていた。

「わぁっ⁉」

「どうかした？　最近そうやってぼんやりすること多くない？　そんなに忙しいの？」

「あー、うん。まぁ、忙しいことは忙しいんだけど……」

仕事が思うように捗らず家に持ち帰ってみたものの、結局ろくに手につかずこの有様だ。

あの日、気が動転していてどんなふうにして最上と別れて家に帰って来たのかあまり覚えていない。気付いたらタクシーが家の前に停まっていて、慌てて降りたのは覚えているが、あまりに信じられないことが起きて、どこからどこまでが現実なのか正直記憶が曖昧なのだ。

「ライブの日辺りから様子変だよね？　なにかあった？」

柊に訊《たず》ねられ、あずさはしばらく考えたあと、開いていたノートパソコンをそっと閉じた。あの日最上とライブに行ったことはもちろん柊も知っている。ここで下手な嘘《うそ》をついて誤魔化したところで、勘のいい柊にはすぐに本当のことを見透かされてしまう気がした。

「最上に――柊くんとどういう関係かって聞かれた。いつだったか雨の日に柊くんと一緒に帰ったことあったでしょう。二人でいるとこ見られてたみたいで。柊くんとの仲を探られて。なにを誤解してるのか、私が他の男のものになるのは嫌だ、みたいなこと言われたような……」

「ような、ってなに」

「……動転してたからよく覚えてないんだもん」

「は？　動転してわけ分かんなくなるようなこと、されたの？」

詰め寄るように少し怖い顔で訊ねた柊のその迫力に負けて頷《うなず》いてはみたものの、記憶があやふやで確信が持てないため、結局曖昧な返事を返すしかなかった。

沈黙を破った小さな溜息《ためいき》に顔を上げると、いつになく真っ直ぐな柊の視線に捕まった。

「俺……ここであずささんによかったねって言うべきなのかな」

「え?」

「あの人、調子良過ぎないかな? 他の男のものになるのは嫌だなんていまさら独占欲出してくるとかさ。あの人が付き合えないって言ったんだろ? なのに、あずささんが離れてくのは嫌だなんて……そんな一方的に都合のいい関係あるかよって俺は思うけど」

「……」

確かに、そうだ。結局、何も解決していない。柊の言葉はここ数日のあずさの浮ついた心をいくらか冷静にした。

「そう、だよね。想定外のことに自分の中でうわーって勝手にパニックになっちゃってバカみたいだね……」

「バカみたいとは思わないけど、あずささんがまた傷付かなきゃいいなって心配はしてる」

そう答えた柊があずさの頭の上にそっと手のひらを乗せた。

柊は随分年下のくせにときどきあずさを子供のように扱うことがある。初めのうちはやたら照れくさかったその彼の行動が、少しだけ彼に甘えることを覚えたいまはあずさにとって心地よくもある。

「あずささんは、お人よし過ぎるから」

「えぇ。そんなことないよ」

「そんなことある。俺みたいな得体のしれない男を拾っちゃうくらいにはお人よしでしょ」

「それは――！　柊くんが本当に困ってるみたいだったから」

「そういうとこだよ。あの人の件もそう」

「……」

「もう忘れちゃえばいいのに。あずささんには俺がいるじゃん」

真っ直ぐにこちらを見つめる柊の視線にドキッとしたが、実は大して意味を持たない若い男の言葉を真に受けるほどあずさ自身も若くない。

「なに言ってるの。そんなふうに大人をからかうもんじゃないの」

軽くあしらい、柊の視線から逃れるように立ち上がると、手を摑《つか》まれて動けなくなった。そっと摑んでいるようで意外と力強く、その手をほどこうとしてもびくともしなかった。

「あずささんだって、そうやって自分だけ大人みたいに言わないでよ」

柊がそのままゆっくり立ち上がる気配がして、あずさはそんな柊に後ろから力強く抱きしめられた。

心で違う男を想いながら、何度か肌を重ねるうちに次第に身体に馴染《なじ》むようになった彼の体温に何とも言えない心地よさを感じてしまう矛盾に戸惑う。

「俺だって大人だよ……」

そう言った柊が少し苛立ったようにあずさの後ろ髪をかき分けてうなじに唇を押し当て

た。

押し当てられた唇が、熱い。

最近様子がおかしいのは、柊も同じだ。柊自身がそれに気付いているのかは分からないが、嫉妬のようにも思える彼の態度を嬉《うれ》しいと感じてしまう自分にも戸惑っている。

＊＊＊

終業時刻から二時間ほど過ぎた午後八時。フロアの電気はあずさが残っている一部分しか点いていない。パソコンを閉じて小さな息を吐いたそのとき、

「滝川、まだいたのか？」

ドアが開いて取引先との打ち合わせのあと直帰予定だった最上が顔を出した。

「あれ……どうしたの？　滝川は？　忘れ物？」

「まぁ、そんなとこ。滝川は？　また残業？」

「あ、うん。ちょうどキリついたから帰ろうと思ってたとこ」

「滝川と話すのけっこう久しぶりだな。最近、特に滝川つかまんねぇし」

もちろん同じ部署にいるのだから顔を合わせない日はないが、お互い抱えている仕事で忙しくしていて、就業中に余計な言葉を交わすことはほとんどない。最上とまともに顔を合わせて話すのは、あのライブの日以来十日ぶりだ。

「あんなことしたから……もしかして、俺のこと避けてた？」

そう言われて、あの夜最上にされたキスを思い出して少し狼狽《うろた》えたのを悟られないよう必死で平静を装った。

「なに言ってるの。そんなことないよ」

「ならいいけど」

最上がほっとしたように小さく息を吐いて、あずさの隣の席に座った。避けていたわけではないが、こうして近くに来られるとなんとなく最上の顔を見るのが照れくさい。

「あのキス、酒の勢いとかじゃないから。——いや、ちょっと勢いついた部分もあったかもしれないけど、俺がしたくて我慢できなかった」

最上のストレートな言葉にあずさは目を瞬かせた。

「そんな驚いた顔するなよ。俺だって滝川のことは好きだし、男だから、勃たなくたってそういう気持ちにはなる。まえに付き合えないって言ったけど——滝川が嫌じゃなければ、俺にチャンスをくれないか」

あずさは頭の中で、ゆっくりと彼の言葉を反芻《はんすう》した。

「え……？」

「あのさ、引かないで欲しいんだけど……」

そう言った最上が、次の言葉を発するのを躊躇《ためら》う素振りを見せてから、覚悟を決めたようにあずさを真っ直ぐに見つめた。

「もしかしたらなんだけど。その、改善の兆候がある……かも」

「え？」

「この間、滝川にキスしたとき……反応したんだ。あーもう！　なんでこんなこと言わなきゃなんないんだよ、マジカッコ悪い！　けど、滝川なら――って思った。そういう気持ちになったんだよ」

――それって、つまり。緊張のあまりあずさの喉が小さく鳴った。

「勃ったってこと……？」

「そこ、オブラート！　敢えてやんわり言ってんのに台無しだろ」

「あ、ごめん……」

「もしかしたら、滝川とのこと可能性あるのかなって。この問題さえクリアできるなら俺だって普通に滝川と付き合いたいって思う。いまさらって思うかもしれないけど……俺にチャンスをくれないかな」

チャンスとは――つまり、その問題が解決できるかどうか確かめるという意味なのだろうか。最上があずさの告白を断った理由は、自分が不全であるために付き合ってもあずさのことを傷つけるかも、というものだった。問題が解決する見込みがあるのなら、それはつまり最上との恋に障害がなくなるということだ。

その時、あずさがデスクの上に置いたままにしていたスマホが鳴った。画面には着信を知らせる柊の名前が表示されていて、それを見た最上が眉を動かした。

「〝柊くん〟って誰？　もしかして……」

しまったと思ったが、柊とのことを最上に知られるわけにはいかない。一緒に帰るところを目撃され、それについて問われたが、同じ部屋に住んでいることはまだ最上に話してはいない。

「あ、えっ……と、違う。友達！」

「友達？　男？」

「あー、えっと。お、弟の友達！　実家が近い、幼馴染《おさななじみ》みってやつで」

苦し紛れに咄嗟《とっさ》に嘘をついた。我ながら、よくこれだけ嘘を並べられたと感心する。

そうしているうちに着信音が鳴りやみ、最上が深く追求してこなかったことにあずさがほっと息を吐いた瞬間、今度はＳＮＳの通知音がして届いたメッセージが画面に表示されてしまった。

【何時頃に帰れる？　遅くなるなら駅まで迎えに行こうか】

表示されたメッセージはすぐ傍にいた最上の目にも留まり、顔を上げた彼があずさを見つめた。

「迎え……って？　なに、どういうこと？　弟の友達じゃなかったのかよ」

ああ、ダメだ。きっと、これ以上誤魔化すことは不可能だとあずさは思った。

あずさはもともと考えていることが顔に出やすいと人から言われるうえに、嘘も得意ではない。事情があったとはいえ、このまま最上に嘘をついたままいるのは、自分とのことを前向きに考えようとしてくれている彼に対してもやはり誠実ではない。

最上の鋭い視線に負けて、あずさは渋々口を開いた。

「あのね。実は私――」

あずさは柊を自分の部屋に置くことになった経緯からいまに至る現状までを順を追って話し始めた。最上はあずさの話を驚きながらも、余計な口を挟むことなく聞いてくれていた。

「じゃあ、いまも一緒に住んでるってことか？」

「そう……なるかな。でも、彼もちゃんと住むとこ探してるみたいだし、たぶんあと少しの期間だと思うの。常識的じゃないってことはもちろん分かってる。でも、どうしても放っておけなくて。柊くん、すごく義理堅くて、世話になる代わりにって家事とか身の回りのことまでしてくれて、私が助けられてる部分も多いの……」

話を聞いていた最上が少し呆《あき》れたようにあずさを見つめた。

「それにしたって、男を部屋に住まわせるとか――って、俺が言えた立場じゃないの分かってるんだけど」

「本当にただの同居なの！　なにもないし。弟と一緒にいるみたいな感覚で――」

少しだけ嘘をついた。なんでも正直に話すことが、最上に対して誠実だとは限らない。

確かに柊との関係は形容し難いものになってはいるが、あくまで期間限定だ。柊があずさの部屋を出て行けばすべてが変わる。何もかも、彼を部屋に置く以前の環境に戻るだけだ。

しばらく何か考えるようにしていた最上が口を開いた。

「……来てもらえば？　彼に」

「え？」

「迎えに来るって言ってんだろ？　俺も会っておきたい」

最上に言われて、あずさはさすがに焦ってしまった。

「ち、ちょっと待って！　なんでそうなるの」

「滝川が言うように、ちゃんとしたやつだっていうなら問題ないだろ？　期間限定とはいえ、いま滝川と同居してるんだろ？　どんなやつなのか俺の目で見極めたい」

とんでもないことになったと思ったが、最上は至って本気だった。

彼が柊に連絡を入れるよう催促するので、あずさは渋々返信のメッセージを入れ、駅まで迎えに来てもらうことになった。

「はぁ……どうしてこんなことに」

あずさが小さく溜息をつくと、駅の改札を抜けて隣に並んだ最上があずさを見つめた。

「心配だからだろ。好きな子が別の男と住んでるって知って……いくらなんでもないって言われてもいろいろ勘繰るよ」

好きな子——という言葉につい敏感に反応してしまった。最上にとって、いま自分がそう言わしめる存在であると自惚れてもいいのだろうか。

「正直、妬ける」

そう言った最上がそっと手を伸ばしてあずさの頬に触れた。

彼は、こんなに熱っぽい視線を向けてくる男だっただろうか。

ライブの夜以降、確かに最上の態度に大きな変化がみえる。関係が変化することを望んでいたはずなのに、いざそうなってみるとどうしていいか戸惑ってしまう。

駅の南口から外に出ると、折り畳み自転車に跨《また》がったまま待っていた柊があずさに気付いた。飼い主を見つけた子犬のような嬉《うれ》しそうな笑顔をあずさに向けたが、あずさの隣に立つ最上の姿に気付くと、振りかけた手をゆっくりと下ろし、その表情もみるみる険しく変化した。

「ごめん、柊くん。私たちの同居のこと、最上に全部話したの。そしたら、柊くんに会ってみたいって……彼もいっしょだってこと、メールで伝えてなくてごめんね」

こうなった経緯を前以て柊に話せればよかったのだろうが、そんなタイミングも摑めないまま駅に着いてしまった。

「こんばんは。滝川の同僚の最上です」

「――峰岸柊、です」

人懐っこい柊のこんなにも強張った表情を初めて見たような気がするが、いまのこの状況が摑めない彼からしたら不信感に表情が硬くなるのは当然のことだ。

「あの。あずささんの同僚の方が俺になにか？」

「いや――少し話をしてみたくて。きみ、いま滝川に世話になってるんだってね。滝川とはそれだけの関係？」

「それだけ、とは？」

「本当に期間限定のただの同居なのか、ってこと。つまり、本当に近いうちに滝川の部屋を出て行くつもりがあるのかってことだよ」

そう訊かれた柊が真っ直ぐに最上を見据え、唇を引き結んだ。

「もちろんです。あずささんには厚意で部屋に置いてもらって本当に感謝してます。資金もある程度は用意できましたし、部屋も探しに行ってすでにいくつか候補を絞ってます。だから、ご心配なく」

柊が臆することなく最上に宣言した。

そのあと、二人きりで話したいからと最上が柊を少し離れたところへ連れて行き、彼らがどんな話をしたのかは分からなかったが、ほんの十分ほどで戻って来た。

「それじゃ、俺帰るわ。峰岸くんだっけ、悪かったな。急に」

そう言うと、最上は柊の肩を軽く叩《たた》いて爽やかな笑顔を残して去って行った。

そんな最上の後ろ姿を見送ったあと、自転車を引いた柊と並んでマンションのほうへゆっくり歩き出した。

なんとなく気まずい雰囲気に包まれたが、いろいろと申し訳なかったと思い、あずさのほうから口を開いた。

「──なんか、ごめんね。いろいろ」

あずさが言うと、柊がやっと緊張が解けたように小さく息を吐いた。

「正直、ちょっとビビったかな。いきなりあの人いるし。状況よく分からないし、一体なにを言われるんだろうって」

「ごめんね、ほんと！　流れで柊くんのこと言わずにいられる状況じゃなくなっちゃって……私もまさかこんなことになるなんて思ってなくて」

本当に申し訳ないというように頭を下げると、柊がそっとあずさの頭に触れた。

「あれで、よかったんだよね？」

「え？」

「正直、あずささんのこと振っといてなんだよって思ってたけど、あの人……本気であずささんのことを心配してた。そりゃ、するよね。あずささんが、得体の知れない男を部屋に住まわせてるなんて知ったらさ」

ははっと笑った柊の表情がどこか寂しげに映った。

「よかったじゃん。結構大事にされてて。あずささん、あの人のこと好きなんでしょ」

柊に言われた瞬間、どうしてか胸の奥のほうに重い痛みが走った。

──好き。いままでだったら即座にそう答えられていたのに。

柊のどこか寂しげな笑顔と言葉に心がざわめいていることにあずさは戸惑いを覚えた。

どうしてそんな顔するの──？　傷ついたみたいな顔をされたら、胸が痛い。

「ねぇ。さっき言ってたこと、本当？」

あずさは気になっていたことを、柊に訊ねた。

「ほら、その……近いうちに出てくって。物件も絞ってあるみたいなこと」

「本当だよ。来週内見予定なんだ」

「そうなんだ……」

六月中旬からあと数日で八月も終わる今日まで、二カ月半におよぶ柊との同居の解消のリミットがすぐ目前まで迫っていることを改めて実感すると、あずさの胸の内になんともいえない気持ちが湧き上がった。

でも、こんな生活がいつまでも続かないことも分かっている。柊だってこんな間借り生活を終わらせて、早く自分の生活を取り戻したいに決まっている。

「寂しくなるなぁ。……私、柊くんにお世話になりっぱなしだったね」

彼にあれこれ助けられたことはあるが、寝る場所を提供するという以外にあずさが彼にしてあげられたことなんてあっただろうか。

「なに言ってんの。俺がお世話になってたんでしょ」

そう言ったきり、お互い会話が続かなくなってしまった。

マンションまでの道のりはいつも通りのはずなのに、柊の引く自転車の車輪が立てる音だけが夜の街にやけに大きく響いていた。

それからしばらくして、柊から住む部屋が決まったと聞かされたのは九月に入ってすぐのことだった。ただ、前の住人の契約の関係で、退去後のクリーニングや諸々の契約の為の手続きなどを終え、柊がその部屋に入居できるのは早くて月末になるという。

「本当にあと少ししかないんだな……」

カフェスペースで午後の休憩を取りながらあずさは独り言のように呟《つぶや》いた。

思いのほか早かった――というのが柊から話を聞いてあずさが一番に思ったことだった。あと一カ月という期間をとても惜しいと感じてしまう自分自身の感情に戸惑っていた。

「なにが、少ししかないって？」

ふいに後ろから声を掛けられ、振り返ると最上が缶コーヒーを片手にあずさの隣の席に座った。

「ああ、うん。……柊くん、正式に部屋が決まって今月末にはうちを出て行くんだって」

「へぇ。住むとこ決まったんだ。よかったじゃん。これで滝川も元の生活に戻れるな」

「……うん」

返事をした声が沈んでいるのを自分でも自覚している。

本来なら彼があずさの部屋を出られることを喜んであげるべきだし、柊にとってそれがいいことなのだと分かっているのに、心から喜ぶ気持ちになれないこのもやもやした感情は一体なんなのだろう。

「次は、俺とのことも考えてくれよ。ま、あいつのこと関係なしに俺なりにアプローチはしてくつもりだけど。まえに滝川の気持ちを受け止められなくて傷つけたぶん、今度は俺が滝川を待つし、振り向かせたいって思ってるから」

そう言ってくれる最上の言葉が嬉しいはずなのに、何かが胸につかえて息苦しいような感覚が消えないのはどうしてなのか。

最上が缶コーヒーを弄ぶように動かしていた手をテーブルの下に降ろして、あずさが膝の上に置いていた手をそっと握った。

「ねぇ最上。こんなの誰かに見られたら……」

カフェスペースにはあずさと最上の他に、数人が思い思いの席で寛いでいたが、誰も最上があずさの手に触れていることには気付いていない。

「まぁ、見られたら見られたで俺は構わないけど。これもアプローチのひとつ。ただ黙って待ってる気はない。滝川には、俺のこともっと意識してもらわないとな」

温かくて大きな最上の手。こんなふうに触れ合えるような関係になれることを望んでいた。

この大きな手をそっと握り返せばいい――頭では分かっているのに、あずさは最上が席を立つまでその手を握り返すことができなかった。

＊　＊　＊

ここ数日抱えているこのもやもやした感じを例えるとするならば、胸やけに近いのだろうか。

けれど、実際に胸やけしているというわけではなく、仕事を終えて部屋に帰れば柊の作った温かくておいしそうな夕食に心ときめき、

「わー！　今日もおいしそう！」

と食欲全開でそのすべてを平らげ、健康状態は至って良好だと言える。

「ご馳走《ちそう》さま。今日もおいしかった！」

柊のほうが少し早く家を出るため、朝食を一緒に取ることはお互いの休日が重なったときくらいだが、柊と二人で取る夕食はいまでは生活の一部となっていて、この生活があとわずかだなんて信じられないほどだ。

彼と生活するようになって、あずさの生活も変化した。食生活が彼の手料理によって格段に向上したこともそうだが、生活の質もこの数カ月でかなり向上した。

仕事に夢中になり過ぎて、結果、時に不摂生な生活をすることも多かったあずさだったが、柊の夕食目当てに残業を減らし、飲み会の類も必要最小限に抑えていた。生活をある程度管理してくれている彼のおかげで以前より睡眠時間も確保でき、健康になったような気さえする。

「柊くんのご飯、こうして食べられるのもあと少しかぁ……」

食後の後片付けの最中、すすいだ食器を水切りラックに立て掛けると、その食器を拭き

ながら棚に戻していた柊が振り返った。

「なにそれ」

「また元の生活に戻るんだなって思ったらちょっと憂鬱で。柊くんがいろいろしてくれるおかげで私、贅沢《ぜいたく》になり過ぎたかもって思って」

　あずさが言うと、柊が小さく笑った。

「元々ひと通りのことは自分でしてたんでしょ」

「そうなんだけど。特に食生活が潤い過ぎてたから、柊くん出て行ったあとが怖い」

　あずさが答えると柊がははは、と明るく笑った。

「いつでも連絡くれたらいいのに。たまには飯作りに来てあげるよ」

「え。それお願いするのはさすがに図々しいでしょ……」

　柊はそんなふうに言ってくれたが、同居を解消してしまえばきっと連絡を取り合うこともなくなるだろう。彼には彼の生活があるわけだし、彼があずさによくしてくれるのはいまだからこそなのだ。そんなことを考え、少し沈みそうな気持ちを浮上させるように努めて明るく言った。

「ねぇ、柊くん。引っ越しまえにお祝いしよっか！」

「お祝い？　なんの」

「なんのって、引っ越し祝いに決まってるでしょ！　柊くんが無事に新しい生活始められることになったお祝い。好きなもの食べに行ってもいいし、欲しいもの買ってもいいし。

お祝いだから遠慮しなくていいよ、奮発しちゃう」

「え？　いいの？」

「もちろん！　なにがいい？　――って、もしすぐに思いつかなかったら考えといてくれてもいいけど」

「分かった。じゃあ……ちょっと考えとく」

柊が嬉しそうに笑ったところで、夕食の後片付けも切りよく終了した。


それから数日経った夕食の最中に「お祝いリクエスト決まった」という柊のその内容に驚いて、あずさは手にしていた箸をポロッとテーブルに落とした。

「え？　デート？　なんで⁉」

「ほら！　三カ月くらい一緒に住んでたのに、あんまり二人で出掛けたことなかったなーって思ってさ。まぁ、スーパーの買い出しとか飯食いにとか、生活に密着した外出は多々あったけど、そういうの抜きにして遊びに行ったことってほとんどなかったでしょ？最後だしさ、せっかくならあずささんと一緒に楽しめることがいいなって思ったんだよね」

思わぬリクエストに驚いたが、確かに最後に二人で楽しめる思い出を作るのも悪くない気がした。

「……私はいいけど。本当にそんなのでいいの？　ほら、もっとなにかあるんじゃない？」

と口で言いつつ、実際には柊の望みそうなことが何一つ思いつかないのが歯痒《はがゆ》い。

「いいの。俺がしたいんだ。あずささん、なんでもいいって言ったよね？」

「言ったけど……」

　ここ数年、デートなんて名のつくものに縁のなかったあずさには、彼が楽しめそうなデートプランなど思いつかない。一体何をすれば彼が喜ぶのか本気で悩んでいると、柊が笑顔であずさに提案した。

「遊園地行こうよ。んで、ぱーっと遊ぶの。どう？　あずささん絶叫系とか苦手？」

「ううん。大好きだけど」

　学生の頃は友達とよく遊園地に遊びに行ったし、大人になってからも職場の同僚たちと何度か遊びに行ったことがある。

「じゃあ、いいじゃん！　行こうよ。俺、最後の週の土日休みなんだ。あずささんも土日は仕事休みでしょ」

　月末のその頃には柊が引っ越しの準備などで忙しいのではと思ったが、必要ならばあずさが手伝えばいいことだし、柊がしたいというのならと思い直して彼の提案を快諾した。

「分かった。いいよ、行こう遊園地！」

「じゃあ、土曜にしよう。次の日も休みなら思いっきり遊べるし」

　そう言った柊が、嬉しそうにリビングのカレンダーに赤いマーカーで二重丸を書き込んだ。デートで遊園地なんて若くて可愛らしい発想だと思いながら、なんとも微笑ましい気持ちで柊の姿を見つめた。

それからあっという間に一週間が過ぎ、柊との生活も残り約二週間となった夜。

その日は柊が夜シフトの仕事だったため、彼の帰宅と重ならないよう早めに風呂に入り、リビングでテレビを見ながら一人寛いでいた。見ているといっても特別興味のある番組ではなく、ひまつぶしに眺めているといった程度だ。

普段ならリビングで一緒に過ごすか、リビングにいなくとも部屋で何かしている柊の気配があるのが当たり前で、彼がいないだけでこんなにも落ち着かないものだなんて初めて知った。

これまでだって柊のいない夜は、週に一度か二度の頻度で繰り返しあった。それでもこんなそわそわした気持ちになったことなんてなかった。

「本当に、いなくなっちゃうんだな……」

はじめは同情心から仕方なく彼をここに置いただけなのに、いつの間にか彼との生活が心地いいものになっていた。

終わりがあることは分かっていたし、柊が早く部屋を出て自分なりの生活を再開できることを望んでいたはずなのに、いざその時が迫っているいま、この時間が少しでも長く続けばいいのにと思うようになっている自分の気持ちの変化に戸惑っている。

そんなふうに思うのは、いまの生活がただ心地いいから――？

一緒にご飯を食べて、テレビを見て、くだらない話で笑い合って……そんな何気ない柊との時間がかけがえのないものになっていたのだと実感した。

「……寂しいな」

柊がいるときには、決して言えない本音が思わず口をついて出た。これが当たり前になるんだ――そう思った途端、急に目頭が熱くなった。

その時、ガシャンと部屋の鍵が外から開けられる音がして柊が帰宅したのが分かった。

あずさはずっとテレビを見ていたかのように寛いだ姿勢でソファから振り返った。

「ただいまー」

「おかえり。今日も暑かったでしょう？　すぐお風呂入ったら？」

「うん。ありがと。そうする」

答えた柊が荷物を自分の部屋に置いて、そのまま風呂場へと消えて行くのを見送ってあずさはほっと息を吐いた。

マイナスな気持ちを悟られてはよくないと、少し気分を上げるために冷蔵庫から缶ビールを取り出してソファでスマホを片手に飲んでいると、風呂上がりの柊がそれをちらりと見て冷蔵庫を開けた。

「ねえ、あずささん。今日は俺も飲んでいいかな？」

「いいけど――柊くん飲めないんじゃなかった？」

「あ……いや。飲めないっていうか飲まないようにしてたってのが、正しい。強くはないから酔って迷惑かけるのも悪いなって思って」

「えー？　そんなの気にしなくてよかったのに。じゃあ……今日はどうして？」

「あずささんと過ごすのもあと少しだし、最後にちょっとくらいならいいかなって……」

「そういうことなら！」

あずさが声を弾ませて答えると、柊が缶ビールを片手にこちらにやって来たため、あずさはスマホをテーブルに置いて柊の分のスペースを空けた。

「新鮮だね、一緒に飲むの。あ、なにかつまめるもの持って来る」

そう言っていそいそと席を立ったあずさは、キッチンの食品庫からお気に入りのスナック菓子を持って再び柊の隣に座った。

「乾杯！」

小さく缶を鳴らして乾杯をした。強くはないと言っていた柊は決して弱いわけでもなく、たわいのない話をしながら小一時間ほど飲んだ結果、付き合い程度ならば普通に飲めるといった感じに見えた。

「なんだ。全然普通に飲めるじゃない」

あずさが言うと、柊がはにかみながら缶をテーブルの上に置いた。

「でも、あと少し……これ飲み切ったら終わりにするよ。ちょっと頭ふわふわしてきた」

「そうなの？　全然顔に出てないよ？」

彼の顔を見る限り、普段より少し血色がいいという程度で、飲むとすぐに真っ赤になるタイプでもないらしい。

「あずささんは、顔に出るよね」

「うん。すぐ赤くなるから嫌なんだよね」

「嫌？　赤くなるの可愛いじゃん」

「また、そういうこと言って。確かに若い子だったら可愛いよ？　こんなアラサーが赤くなったってちっとも可愛くないんだから」

「あずささん、すぐそういう言い方する。自分をオバサンみたいに言うのやめなよ」

柊に言われてはっとした。あずさはなんだかいたたまれない気持ちになって、手にした缶をテーブルに置いた。確かに三十に近づくにつれて、自分はもう若くないということを誰かに指摘されて傷つきたくなくて、言われるまえに自衛するのがいつの間にか癖になっていた。

「あずささんは可愛いし、女性としてすごく魅力的だよ」

あまりに真剣なトーンで柊に言われて、あずさは照れ臭さを隠し切れずに黙り込んでしまった。

その時、テーブルの上のスマホがＳＮＳのメッセージを受信した。メッセージは最上からだったが、内容を確認しすぐに返信の必要な用件ではなかったため、あずさは再びスマホをテーブルに伏せて置いた。そのまま立て続けに二、三通メッセージを受信したが、あずさはそれに触れなかった。

「誰？　いいの？」

「うん。最上から。大丈夫、急ぎの用件じゃなかったから」

あれから、最上から誘いを受けることが多くなった。食事や買い物などその内容は様々だったが、あずさに対して確実に以前とは違った熱量のようなものを感じる。誘いの回数が増えた気がするのは、彼がまえに言っていたアプローチというやつなのだろうと思う。

最上の名前を聞いただけで、柊が少し険しい顔をした。

「あの人と、付き合うことにしたの？」

「付き合ってないよ。改めて考えて欲しいとは言われてるけど……」

「——けど？　なんで渋ってるの。そこは二つ返事で〝はい〟っていうとこじゃないの」

「まぁ、そうなんだけど……」

あずさはふと考えた。そうできない原因はなんなのだろうと。

最上の気持ちは素直に嬉しいと思うし、彼と付き合えるのならば、長年の片思いに終止符を打って晴れて恋人同士になれる。

ずっと望んできたことじゃないか、そう思うのに——いまはただ、残り少ない柊との時間を優先したい。それが本音だった。

「そんな煮え切らないこと言ってると、俺、つけ込んじゃうよ？」

柊が空き缶をテーブルに置いて、ほんの少しあずさとの距離を詰めた。

「な、なに？」

「あずささんって——いろいろ鈍いよね。俺がお酒飲まないようにしてたの、あずささんのためだって気付いてなかったでしょ」

柊の言葉の意味を図りかねて、あずさは小さく首を傾げた。

「え、どういうこと？　私のためって……？」

「俺、弱いからさ、飲んだら理性保てる自信なかったし」

あずさが困惑して眉を寄せると、柊が少し呆れたように……でもなんとも優しいまなざしであずさを見つめた。

「そういうとこ。考えてもみてよ。俺、若くて健康な年頃の男だよ？　年上の女の人と突然一緒に住む……まぁ、俺が転がり込んだ結果の同居だったけど。あずささん綺麗《きれい》だし、優しくて感じもいいし、男からしたら意識する。けど、そんな邪な感情見せて気まずくなったら困るし、あずささんに不快な思いさせるのも嫌だなって思って、普段からどれだけ努力してたと思ってんの」

そう言いながら距離を詰めてくる柊に圧されるように、あずさはソファの端に追い詰められた。少し酔っているからなのか、こちらを見つめる柊の視線が真っ直ぐ過ぎて思わず狼狽える。

「そ、それは初耳……というか。柊くん、近い」

「わざと近くしてるんだって」

そう言った柊が、手のひらであずさの首筋に触れた。

「ねぇ、あずささん。あの人なんかやめて俺にしとけば」

俺にしとけば、なんて――まるで好きだと言われてるみたいに聞こえてしまうから厄介だ。柊からの好意を感じないわけじゃないが、それはたぶん恋愛のそれとは違う。

仮に本気だったとしても、柊はまだ分かっていないのだ。あずさくらいの年頃の女を相手に選ぶことの意味を。好意だけじゃ乗り切れない現実というものがある。

「前にも言ったけど。そういう冗談、本当よくないよ」

あずさは柊を窘《たしな》めるように言った。

「よくないの、どっちだよ。なんでも冗談って決めつけるあずささんこそよくないよ」

「だって、つり合うわけない。柊くんと私が」

「あの人だったらつり合うの？　歳が同じだから？　仕事もできる大人の男だから？」

普段穏やかな柊の、こんなにも感情の昂《たかぶ》った声を初めて聞いたような気がする。

「じゃあ、何度も俺に抱かれてくれたのはどうして？　確かに俺が強引だったところもあるけど、少しも俺のこと好きじゃなかった？」

「それは……」

あずさは思わず言葉に詰まった。

柊の言うようにあずさのほうにも好意はあった。けれど、それは恋愛感情というより――なんなのだろう？　ここまで考えて分からなくなってしまった。

「柊くんのことは好きだよ。でも――」

「でも、なに？」

そう訊ねた柊に強く腕を押さえ付けられ、身動きがとれない。

「ねぇ、痛いよ。離して」

「嫌だ」

「柊くん」

「嫌だ」

彼が嫌だと言うたびに、腕の力が強くなる。いまにも泣き出してしまいそうな、苦しそうな悔しそうな柊の表情に胸が締め付けられる。

「あずささん」

名を呼んだ柊に、両腕を押さえ付けられたままのしかかられ、強引に唇を塞がれた。

「ん……っ」

何度となくした柊とのキス。彼のキスはいつも優しいのに、今日のキスは酷く乱暴で、彼のうちにある感情をぶつけられているような激しいキスだった。

唇を離した柊が、低い声で言った。

「あの人にも抱かれるの？　俺に抱かれたときみたいに甘い声上げて。アソコから厭《いや》らしい匂いさせて、腰振って乱れて」

「ねぇ……やめて」

こんなのいつもの柊じゃない。彼はきっと酔っている。

「せっかくだから、これから毎日セックスしようか。あいつのことなんか考えられなくなるくらいめちゃくちゃ気持ちいいセックスで、あずささんが俺以外の男を求めたりしないように」

そう言った柊があずさのルームウエアに手を掛けて、強引にそれを引き上げた。露になった胸に彼が顔を寄せたとき、あずさは思いきり彼の身体を押し返して、頬を力一杯叩《たた》いた。

バチン、という鈍い音にあずさが我に返ると、頬を叩かれた柊が大きく目を見開いていた。

「ごめ……」

思わず叩いてしまったことを謝ると、柊があずさから身体を離してふらりと立ち上がった。

「俺こそ、ごめん……ちょっと外で頭冷やしてくるね」

そう言うと、柊は部屋着のまま外へ出て行ってしまった。

＊＊＊

あずさが柊を見たのはその夜が最後で、部屋を出て行ったきり、すでに三日が過ぎていた。

火事で住むところを失くして以来、顔見知り程度だったあずさの部屋しか行くところがなかった彼に他に行くところがあるとも思えず、どうしているのかと心配ばかりが募る。

「なにか……しちゃったのかな」

そう呟いてから、思いっきりしてる——と、思い当たる事実にがっくりと肩を落とす。

痛かったはずだ、力任せにひっぱたいたりして。

けれど、あれは柊が悪いのだ。元々少し強引なところはあったが、あずさが嫌がるようなことをする男ではなかった。

「どこで、なにしてるんだろう……」

考えてみれば、彼の次の引っ越し先も知らないままだ。

つい先ほども、柊に似た靴音に彼の帰宅を期待して玄関先まで出て行き、その足音が部屋の前を素通りしたのを確認してすごすごとリビングに戻って来た。

柊が使っていた和室の引き戸をそっと開けてみる。

彼が出て行ったときのまま、荷物はその場に置かれ、布団も敷きっぱなしのままだ。彼がいつもそうしているように、二つ折りにして畳んで片付けておけばいいのだろうが、これを動かしてしまうと、なぜかあの夜の一件からやり直せなくなってしまうような気がして手が付けられない。

着替えはおろか、彼が普段使っているリュックも部屋に置かれたまま残っている。

彼が持って出たのはスマホと財布のみ。

事故にでもあったのではと心配になって、電話を掛けてみたが繋《つな》がらず、呼出音が鳴るだけで彼が電話に出ることはなかった。

唯一の救いは、あずさがSNSのメッセージを送ると、すぐにではないが時間を空けて既読が付くということ。それだけで、とりあえず柊がメッセージを確認しているということが分かる。

「もー！　急にいなくなったら心配するでしょ。連絡くらいしなさいよ！」

逆切れに近いモヤモヤした感情を声に出して、この三日間にトータルで十件近く送ったメッセージに既読が付くことに、ほんの少しほっとして胸を撫《な》で下ろすことを繰り返している。

初めはオフィスで彼を捕まえることができると高を括っていたのだが、清掃には別のスタッフが来ていて、結局職場でも柊に会えていない。

「見つけたら文句言ってやるんだ」

そう息巻いていたのだが、今朝早く出勤して、たまたまロビーで掃除をしていた清掃スタッフに声を掛けると、予想もしていなかった答えが返って来た。

「あー、柊くんね！　なんか急な欠員で現場が変わったとかで、ここにはしばらく来ないみたいよ。ほら、あの子若いけど社員さんだから仕方ないんだけど。こっちも忙しいのにほんと困っちゃうわぁ」

恰幅《かっぷく》のいいあずさの母親世代のスタッフが小さく溜息をつきながら答えた。

「しばらくって、いつまでですか？」

「いや……私はただのパートだから詳しいことまでは分からないわよ。悪いわねぇ」

「――そうですか。ありがとうございました」

急に現場が変わるなんて、こんな偶然ある――？

職場でも会えないとなると、柊が電話に出るかSNSのメッセージに返事をくれない限りこれ以上連絡を取りようがない。

このまま本当に連絡が取れなくなってしまうかもしれない現実にあずさは酷くショックを受け、ロビーの真ん中で立ち尽くしてしまった。


それから更に三日が過ぎた夜、会社から帰宅したあずさは愕然《がくぜん》とした。

今朝まで確かにそこにあったはずの柊の荷物が消えて、空間ができた和室を見て身体が小さく震えた。

「……どういうこと？」

あえてあずさがそのままにしていた敷きっぱなしだった布団は、綺麗に片隅に畳まれていて、その布団の上には一枚のメモ書きだけが残っていた。

あずささん
急にいなくなったりしてごめんんね。いろいろお世話になりました。
部屋の鍵はあとから厳重に注意して郵送します。

あずさはそのメモ書きをそっと手に取った。見覚えのある少し右上がりのクセの強い筆跡。この字は確かに柊のものだ。

「柊くん……」

柊は、あずさが不在の時間帯を完璧に把握している。あずさが確実に仕事で家にいない時間を狙って荷物を回収しに来たのだ。

そこまでして私に会いたくなかった──？

「だからってこんな……」

考えれば考えるほど柊の行動の意味が分からないが、怒りや口惜しさを通り越してただただ悲しくなって、あずさはその場に泣き崩れてしまった。

どれくらいの間そうしていただろう。部屋を見渡して、何か少しでも柊についての手掛かりを掴めるものがあればと探してはみたが、彼がすべて持ち帰ったあとで何も見つかるわけもなく、あずさは本当に自分と彼を繋ぐものがなくなったのだということに改めて気付いてしまった。

第七章　失って気付くもの

柊があずさの部屋に住みはじめたのは、梅雨も真っ只中《ただなか》の六月の半ば頃だった。

それから三カ月もの間一緒に暮らしていたというのに、あずさは彼のスマホの番号と勤務先しか知らなかったという事実に絶望した。

「バカだな……ずっといっしょにいたのに」

あずさは柊が出て行ってしまった部屋のリビングで独り言のように呟《つぶや》いた。

もちろん、柊が出て行くときに引っ越し先のことは教えてもらおうとは思っていた。

柊との同居生活に突然こんな形で終わりが来るなんて、あの時までは考えてもみなかった。

SNSや電話は最強のツールであるが、相手に拒否されてしまえば、成すすべもない。

あれからも何度か連絡を入れることはしてみたが、柊からの連絡は一度もない。

これだけしても彼から何も音沙汰がないということは、柊自身があずさとは連絡を取りたくないという意思の表れなのだろうと思う。

なのに、どうしても引っ掛かってしまう。

たった三カ月程度の付き合いではあるが、柊の人柄についてはあずさもすべてではないが、知っているつもりだ。あんなに他人を気遣うことのできる柊が、連絡もないまま姿を消してしまうなんてことがあるだろうか。

そうしているうちに気付けば十月になっていた。あずさとの同居期限は九月末までの予定だった。彼はすでに引っ越しをして新しい生活を始めているはずだ。

オフィスで柊の姿を見掛けなくなったことに気付いた最上に、彼が引っ越したのか訊《き》かれたが、あずさはただ「出て行った」としか答えようがなかった。

そんなある日、柊からあずさ宛てにメール便が届いた。

小物用のクッション封筒にはほんの少し重みがあって、中には南国の深い青色をした海の写真が印刷された絵ハガキと、丁寧に包装されたあずさの部屋のスペア鍵《キー》が入っていた。

同封されていた絵ハガキには、以前彼が残していったメモ書きとほとんど同じようなことが書かれていた。

急にいなくなったりして本当にごめん。
あんな別れ方になってごめん。
あずささんが悪いんじゃないよ。
いままで本当にありがとう。

楽しかったよ。

ただ、前回のメモ書きと違うのは、あずさが悪いわけではないということと〝ありがとう〟と〝楽しかったよ〟という言葉が足されていたことだ。

「こんなこと言われたら、このままにできないじゃない……」

あずさが知っている柊の、彼らしい優しい言葉。あんな別れ方をしたけれど、その手紙の内容に彼のあずさに対するマイナスな感情は微塵《みじん》も感じられなかった。

——なにか、理由があるはずだ。

初めて柊を部屋に泊めた日、一宿一飯の恩義なんて言葉を口にして、その恩を返そうとしてくれた彼のことだ。理由もなしに、突然姿を消すなんて考えられないとあずさは思った。

封筒を再び手に取って、薄く印刷された消印の地名をスマホで検索しておよその場所を確認してみたが、その場所と柊にどんな繋《つな》がりがあるのか分からない。

「関係があるとすれば……実家か、会社？　会社……なんて名前だったかな」

彼の着ていた作業着の胸の辺りに会社のロゴのようなものが付いていた気がするが、うろ覚えではっきり思い出せない。

「えーと……確かＭＴ？　ＭＫ？」

柊の勤めている会社の名称すら知らなかったことにあずさはがっくりと肩を落とした。

翌日、あずさは廊下ですれ違った清掃員の女性に社名を聞き、その場でスマホを取り出して検索をかけた。

「ＭＧビルサービス……あった！」

昨日調べた封筒の消印の地名は、柊が勤める会社の本社がある場所だった。

彼が会社を辞めていなければ、そこから連絡が取れるかもしれない。


早速、あずさは翌々日に有休を取り、電車で一時間ほどの場所にあるＭＧビルサービスの本社を訪れた。事前に電話で柊がこの会社に在籍していること、現在この本社に勤務していることだけは確認済みだ。

個人情報に関して厳しくなった昨今、情報が簡単に引き出せるわけがないのはもちろん分かっていた。

本社ビルに着くと、あずさはまずそのビルの大きさに驚いて唖然《あぜん》とした。

大きく開放的なビルのエントランスはとても広く、多くの社員が行き交っている。ロビーの床も壁もピカピカに磨き上げられていて清潔感に溢《あふ》れているのは、さすが清掃会社の本社ビルのことだけある。

あずさは入口を入って建物の中ほどにある受付の女性二人のうちの一人に声を掛けた。

「私、Ｈ市にありますプリンス事務の滝川と申します。あの、こちらにおられます峰岸柊さんにお会いしたいのですが……」

あずさが言うと、受付の女性がほんの一瞬躊躇《ためら》うような表情を見せたあと静かに訊ねた。

「峰岸――でございますか。失礼ですが、本日お約束をいただいていますでしょうか」

「いえ。約束はないのですが……」

「かしこまりました。少々お待ちください」

そう言って女性はどこかに電話を掛けていたが、一向に繋がらないのか電話を切ると席を立って「確認してまいりますので、あちらに掛けてお待ちください」と受付のすぐ近くにある待合席のようなところにあずさを案内した。

しばらくして戻って来た女性が申し訳なさそうにあずさに言った。

「申し訳ございません。峰岸は本日社外に出ておりまして……」

「そうですか。何時ごろ戻られるか分かりますか？」

「申し訳ございません……そこまでは」

困惑したように女性が答えた。それもそのはずだ。受付のスタッフがすべての社員の動向を把握しているはずもない。

「ですよね……。あの、お手数お掛けしました。私が来たということだけお伝え願えますでしょうか。私、滝川と申します。名刺お渡ししておきますね」

あずさはバッグの中から名刺を取り出し、受付の女性にそっと手渡した。名刺を渡したところで柊が連絡をくれるとは思わないが、せめてあずさが会いに来たことだけでも伝わればいいと思った。

会うことは叶《かな》わなかったが、柊がここで働いていることは間違いない。彼に関する手掛かりはもうこの場所にしかないのだ。

昼頃まで受付近くで柊の戻りを待ってみたが、長い時間そこから動かないあずさに先程の受付の女性が遠慮がちに声を掛けて来た。

さすがに長時間待ち続けるのも迷惑になるかと、本社ビルをあとにしたあずさは、ちょうどお昼時だったということもあり近くの喫茶店に立ち寄ることにした。

幸いにもすぐに席が空き、店員に店の奥へと通された。店内を見渡すとサラリーマンやOLで賑《にぎ》わっていて、あずさの通された席のすぐ隣には、さきほど応対してくれた受付の女性と同じMGビルサービスの社員と思われる制服を着た若い女性たちが、まさにランチの真っ最中だった。

「そういえば、今日も社長と息子さん、朝からこっちに来てたわね」

注文したランチが運ばれてくるのを待つ間、あずさの耳に隣の席で話に花を咲かせる彼女たちの声が聞こえて来た。

「ああ。前社長が亡くなってすぐだし、上のほうはまだバタバタなんじゃない？」

「そうよね。副社長が跡を継いだばかりでしょう？　前社長が体調崩されてからは新社長が業務を兼任してたみたいだけど、実際に経営権が変わるといろいろあるんじゃないかしら」

「そういえば、この春入社したばかりの息子の柊さん！　支社で研修中だったところを、急遽《きゅうきょ》本社に呼び戻されたって話だものね。しかも、見た？　人気俳優似のかなりのイケメン！」

会話に聞き耳を立てながら、あずさははっとする。

――息子？　いま、「シュウ」って言った？　しかも、人気俳優に似てるって。

そこまで考えて、あずさの頭の中で、これまで全く別の点と点であったあることがふいに線となって繋がったような気がした。

「あのっ、突然すみません。いまお話ししてたそちらの社長さんの息子さんって……峰岸柊さんのことですか？」

あずさは思わず身を乗り出して隣の席の女性たちに訊《たず》ねていた。

急にあずさに話し掛けられて驚いた表情をした女性たちが、「ええ」と戸惑いながらも返事をしてくれた。


帰りの電車の中であずさはＭＧビルサービスについてネットでさらに調べてみて驚いた。

先ほど訪れた本社ビルが大きな規模だったこともあり、あずさが思っていたより大きな会社だということはなんとなく予想がついていたが、全国にある支店・系列会社などざっと調べてみただけで、かなりの大企業だったということが分かった。

社名のＭＧもMineGishiという本社ビルでみた会社ロゴから来ている。

「柊くんって実は大会社の御曹司なんじゃない……」

さらに詳しく調べてみると、つい先日柊の祖父である前社長が亡くなり、柊の父が後任を引き継いだばかりだということも分かった。

前社長が亡くなった時期が、ちょうど柊と連絡が取れなくなった時期と合致している。

——きっと、柊くんのおじいさんが亡くなったことが関係しているんだ。

そのあたりの事情はなんとなく想像がついてきたが、分からないことが増えた。

いわゆる大企業の御曹司である柊が、友人とルームシェアをしていたことはまだ分かるが、行くところがないとあずさの部屋に転がり込んできたのはなぜだろうか。

「まえに、事情があるって言ってたけど……どんな事情なんだろう」

柊を自分の部屋に連れ帰ったとき、彼があまり触れてほしくなさそうだったため結局深く訊ねることはせず、そのままにしてしまっていた。

それぞれに家庭の事情というものがあるのだろうが、火事で焼け出されたという事情が事情なだけに、実家から援助を受けることも出来たのではないかと思う。

考えれば考えるほど分からなくなるが、ほんの少しでも柊に関する手掛かりがつかめたことにあずさはほっとした気持ちになった。

ＭＧビルサービスの本社を訪れて受付に自分の名刺を預けてから数日が経ったが、結局柊からの連絡はないままだ。

本社に呼び戻されたということ以外詳しいことは分からないが、社長が代替わりして身内である柊がその社長の傍で仕事をしているということから、彼が会社の中枢部に関わる仕事をするようになったということだけは想像がつく。

　企画会議の最中、あずさは同僚たちの手掛けている商品の進捗報告を聞きながら、気付いたことをメモに取っていた。

「じゃあ……次は滝川」

　チーフの中堂に呼ばれて、あずさは「はい」と返事をした。

「インナーバッグのデザインですが、こちらが新しいデザイン案です。ご覧ください」

　あずさは立ち上がって、皆に見えるようにデザイン案を提示した。

「従来通りのシンプルなデザインを生かしたまま、ポケットの数や位置、大きさを少しずつ変えたものになっています。大幅なリニューアルというわけではないですが、自立式であることを生かして新しく持ち手が付いたことと、外側のポケットの一部にクリア素材を採用し、ファスナーを付けていますが、いかがでしょうか？」

　あずさが訊ねると、デザイン案を見ていたチーフの中堂が言った。

「悪くないわね。ここにファスナーを付けたのは？」

「このクリア素材のところに、例えば普段から使っている市販の頭痛薬やサプリ、イヤリングや指輪などの小物アクセサリーを入れたりするのにも使えそうだったので、中身が飛び出したりしないようファスナーを付けたほうがいいのではと考えました」

「この部分の素材については？」

「クリア素材については現在製造部とメーカーと相談中です」

「滝川。結局この帆布生地はそのままで行くのか?」

藤原が手を挙げて訊ねた。

「はい。藤原さんの手掛けた現行品の評判が良く、売り上げも伸びていたので、帆布の生地はそのままでいこうと思います。カラーバリエーションは前回の五色から二色追加して七色に増やしています」

「分かったわ。引き続き進めて頂戴。スケジュール調整は森尾がフォローして」

「はい」

それまで順調に進んでいたインナーバッグのリニューアル企画だったが、新しく取り入れることを決めたクリア素材の部分が思わぬ形で難航し始めたのはそれからすぐのことだった。

何種類かの素材で試作を続けたが、製造の縫製段階で試した生地に問題が発生し、あずさはしばらくの間その件に振り回されることになった。


そんな忙しい日々の合間を縫い、この日あずさは白石の声掛けで同期の仲間数人と職場近くの居酒屋に来ていた。

このところ、インナーバッグに新たに導入することに決めたポケットのクリア部分の素材探しに奔走していたが、気の置けない仲間との飲みは忙しい日々の気晴らしになると思ったのだ。

仕事に関しては普段から全力を尽くしているつもりだが、忙しいときこそ上手にストレスを解消することや、十分な休息を取ることが大切であることはあずさも経験上分かっている。焦っていっぱいいっぱいにならないためにも、息抜きは必要だ。

「最上、聞いたわよ。新商品の役員プレゼン通したんだって？　すごいじゃない！」

そう言って、白石は祝杯の意味でグラスを最上のジョッキに重ねた。

「ああ。粘った甲斐《かい》あったよ。おかげでこれからますます忙しくなりそうだ」

最上がジョッキを手に嬉《うれ》しそうに白い歯を見せた。

「頼もしいよね。さすが企画部のエース！」

少し酔いが回ったあずさが盛り上げるように言うと、最上が「いやいや……それほどでも」とまんざらでもない表情を返し、それを見た同期のメンバーが笑った。

「そういう滝川は？　インナーバッグのリニューアルは順調なの？」

白石に訊かれてあずさは、向かいに座る製造部の小谷玲子《こたにれいこ》と顔を見合わせた。彼女も製造部としてインナーバッグのリニューアルに携わっている。

「それが……リニューアルの一番の売りの部分が難航してて。実際に作った試作品が思うような仕上がりになってないの。いろいろ試行錯誤してるんだけど、なかなかうまくいかなくて。ね、小谷？」

「そうなの。私もさ、インナーバッグは藤原さん担当の頃から関わってるから、滝川とタッグならなおさらいいもの作りたいって思ってるんだけど」

なんて互いに仕事の近況報告をしながらも、話題は次第にプライベートなことへと移っていった。一年前に結婚したばかりの小谷の惚気《のろけ》や、恋人のいない白石の愚痴などを聞きながらも楽しい時間を過ごし、そうしているうちに途中から記憶が曖昧になったあずさは見知らぬ部屋で目を覚ました。

「お。目、覚めたか？」

どうやらホテルの一室のようで、目を覚ましたあずさに気付いた最上が椅子から立ち上がりこちらにやって来た。

「あ、れ？　私どうしたんだっけ……」

「店で酔いつぶれたんだよ。タクシーで送るつもりだったんだけど、気持ち悪いって真っ青な顔してたからここに緊急避難。部屋入るなりトイレに駆け込んで吐いて、そのまま寝たんだよ」

そう言われて断片的な記憶が蘇《よみがえ》ってきたが、まだ頭がぼうっとしている。

「いま、何時？」

「十一時少しまわったとこ。安心しろ、小一時間寝てただけだよ」

思ったより時間の経過が遅く、まだ日付が変わっていないことにほっとした。あずさはゆっくりと起き上がると部屋の中を見渡した。このシンプルで手狭な部屋の造りからして、居酒屋の近くのビジネスホテルなのだろう。

「ごめんね……迷惑かけて。他のみんなは？」

「他の連中は、二軒目。白石はおまえを俺に押し付けて帰った。家も近所なんだからあと頼むわって」

「あは……白石らしい」

彼女はあずさと最上の仲を知っているし、彼にならあずさを任せても心配ないと判断したのだろう。

「水、飲むか？」

「いい。ちょっと歯磨いてくる。吐いたからかな……口の中なんか気持ち悪い」

そう言って洗面所に行き、部屋に戻って来ると最上が差し出したペットボトルの水を受け取り、再びベッドに腰掛けた。少し動いたせいか、起き抜けのときより随分頭の中がすっきりとしていた。

「気分はもういいのか？　珍しいな、滝川が吐くまで飲むなんて」

「あ、うん。そこまで飲んだつもりはないんだけど、ここのところ疲れが溜《た》まってたから……そのせいかも」

「さっき言ってた……仕事の件？　ごめんな、俺も忙しくて滝川のこと気に掛けてやれてなかった。いろいろ助けてもらってたのに、悪かったよ」

仕事が忙しかったのは事実だが、原因はそれだけじゃない。

「なに言ってるの。最上のせいじゃないよ。ほんと、ちょっと疲れが溜まってただけだから……」

そう答えたあずさの顔を最上が黙って見つめていたかと思うと、ふいにこちらに腕を伸ばしてあずさの頰に触れた。

「それだけじゃないだろ。じゃあ、この涙はなんだよ」

「え……？」

最上に指摘されて、はっとして頰に触れると指先に濡《ぬ》れた感触があった。

「やだ……涙？」

自分が自覚している以上に疲れが溜まっているのか、柊が突然いなくなったことがよほど堪えているのか。こんなふうに人まえで無意識に涙を流してしまうほど、気持ちが不安定になっていたことにあずさ自身も戸惑っていた。

「滝川……本当はなにかあったんじゃないのか？」

最上があずさの様子を窺《うかが》うように静かに訊ねた。

「つらいことがあるなら、俺を頼れよ」

そう言った最上の指があずさの頰に伝った涙をそっと拭う。

頰に触れる最上の手が妙に温かくて優しくて、止めようと思えば思うほど勝手に涙が溢《あふ》れて止まらなくなってしまった。

「……本当になんでもないの。ごめん、変なとこみせて！　時間も遅いし、そろそろ帰らなきゃね」

あずさが涙を拭いながらベッドから立ち上がると、急に腕を摑《つか》まれた反動で最上の胸に倒れ込み、そのまま身体を抱きしめられた。

「最近本当に変だぞ？　なにかあったなら言えよ……泣いてる滝川ほっとくなんてできない」

最上があずさを抱き締める腕に力を込めた。

振りほどけないほどの強さが息苦しいくらいだったが、嫌だとは思わなかった。アルコールが残った身体で、自分がドキドキしているのかと思ったが、密着した最上の鼓動もあずさと変わらないくらいドキドキしているのが伝わる。

「おまえが変なの――あの、柊ってやつが出て行ったことが原因なのか？　様子おかしいのその頃からだろ」

最上に図星を指されて、あずさは返す言葉もなく黙り込んだ。

「否定しないいんだな。ただの同居人だったんだろ？」

同居人――確かにそのはずだった。それ以上の感情なんてあるはずがなかった。なのに、柊のことを思い出した途端、急に寂しさが込み上げて再び涙が溢れだした。

どうして急にあずさのまえから姿を消したのだろう。どうしてあれから一度も連絡をくれないのだろう。何度も何度も柊が出て行った夜のことを思い出しては、あのとき自分が彼にしてしまったことを悔いている。

「滝川……こんなときに言うの狡《ずる》いかもしれないけど、本気で俺と付き合わないか。俺、やっぱりおまえのことが好きだよ……。いまならおまえのこと傷つけたりしないですむ」

そう言った最上があずさの頬に唇を寄せ、あずさが静かに目を伏せると、彼が瞼《まぶた》の上にそっとキスをした。

最上の言葉を頭の中で反芻《はんすう》しながらあずさは考えていた。

——最上の言葉に甘えてしまえばいいのかもしれない。

このままずっと連絡がつくかどうかも分からない相手のことを考え続けてどうなるのだろう？

ずっと好きだった最上にこんなふうに言ってもらえるのならば、もう一度彼とのことを考えたほうが幸せなのではないか。最上に対する気持ちが消えてなくなったわけではない。友人としても、その先のことを考えられる相手としても不足はないのだ。

「滝川……おまえが好きだよ」

重みをもって吐かれた彼の言葉に、心が激しく揺さぶられた。

このまま最上と——？

そんなことを考えてふと顔を上げた瞬間、彼に唇を塞がれた。

突然のことに驚きはしたが、抵抗はしなかった。あずさのなかで、最上とのことが完全になかったことになったわけではない。啄《ついば》むような優しいキスが、何度も角度を変えてあずさの唇に降って来る。

同僚の皮を脱いだ男の最上は、こんなキスをするんだ。

戸惑いながらもあずさは彼のキスを拒めなかった。心が弱りきっているときに、ずっと好きだった相手にこんなふうに優しくされたら、どうしたって気持ちが揺らぐ。思わず縋《すが》って甘えてしまいたくもなる。

「……んっ」

最上の長く情熱的なキスに応えているうちに、次第に腰の力が抜けていく。足元からずるりと崩れそうになったあずさの腰を最上が支え、そのまま背中からベッドの上に倒れ込んだ。

ギシとベッドが揺れ、最上が両腕をベッドについたままあずさを見下ろした。

最上が片腕で身体を支えながら、あずさのブラウスに手を掛け、ボタンを上から一つずつ外していく。最上の指が少し震えているのを見て、あずさにも緊張が伝染したみたいに鼓動が速くなった。

「なぁ。たまには俺に弱いところ見せて甘えろよ。平気なふりしなくていい。つらいときはつらいって言えよ。そういうの全部受け止めてやりたいんだ、好きだから」

あんなに好きだった最上に好きだと言ってもらえているいまこそ、全てをやり直すチャンスなのではないか——そんな考えがあずさの頭を過った。

柊とのことをなかったことにして、最上に恋していたあの頃に戻れば、すべてがうまくいく——。

あずさの首元に最上が顔を寄せた。首筋に添ってキスを落としながら手のひらで胸を愛《あい》撫《ぶ》し、反対の腕を背中にまわしブラのホックに手を掛けた。いとも簡単にホックが外れ、露になったあずさの胸を最上が直接手のひらで触れる。

「まえに不可抗力で滝川の裸見たことあったけど、見るのと触れるのはやっぱり全然違うな。あのときはカッコつけて平気なふりしてたけど、本当は全然平気じゃなかった。滝川のこと女なんだって意識したし……普通に欲情もしたよ」

そう言いながら、最上があずさの胸の先端を口に含み、あずさは「んぁっ」と思わず小さな声を漏らして身体を震わせた。

「滝川、すごい敏感なんだな。付き合い長いのにこんな身体も声も初めて知った」

感心したように言う最上のほうこそ、これまで見たこともない男の顔をしてあずさの胸を弄ぶ。

「……やっ、ん」

「嫌がることはしたくないけど。その甘い声、俺の欲情煽《あお》るだけだって分かってるか？」

そう言った最上があずさを押さえつけるように上に覆いかぶさった。ずしりと圧し掛かる彼の身体の重みを感じながら、下腹部の辺りに触れる硬いものに気付いたあずさが最上を見つめると、最上がそれに応えるように頷《うなず》いた。

「……気付いた？　いま、おまえに煽られてこうなってんだよ。まえに兆しが……って話はしたろ？　それがここまで回復してるんだ。だからそういう意味でも、いまの俺なら滝川を傷つけたりしない」

最上の言葉を聞いて、あずさは改めて彼を見つめた。

身体が回復してるということは、つまり彼との恋の障害がなくなるということであり、普通の恋人同士のように付き合えるということだ。

再び最上に唇を塞がれ、彼の強い意志と熱に流されるようにそのキスを受け入れた。

キスの合間に最上の口から零れる吐息で、彼の興奮が伝わって来る。長い付き合いのなかで、彼が自分に欲情している姿を見るのはこれが初めてだった。最上の手があずさの腰に触れ、膝まであるスカートを器用にたくし上げて直接太腿《ふともも》に触れた。

温かな最上の手のひらが腿を撫《な》でる感触に足元からぞくぞくとした感覚が這《は》い上がる。

やがて最上の指の先が下着の上からあずさの敏感な部分を撫で、あずさは思わず短い悲鳴を上げた。

「最上……待って」

「待てない。こんな滝川まえにして抑えなんてきくかよ」

そう言った最上が、興奮に顔を紅潮させながら、あずさの敏感な部分を指で何度も刺激する。あずさが身体を捩《よじ》っても、最上はそれをやめようとはしなかった。

「や……ぁん」

「気持ちよさそうな声。嫌がってないよな？　ちゃんと濡れてる」

正直、あずさ自身も自分がどうすればいいのか、どうしたいのかよく分からなかった。

耐えきれずに最上に縋ってしまったけれど、寂しさを埋めたいだけなのか、本当にこのまま最上に抱かれたいと思っているのか――。

「感じやすいんだな、滝川。指動かすとほら、いやらしい音。分かる？」

恥ずかしさのあまり目を閉じると、聞こえてくるのは確かに最上の声なのに、柊があずさを抱くときにそうしていた声が頭の中で重なる。

あずさに欲情し、嬉しそうに攻め立ててくるときの柊の顔が目の前に浮かんで、まるで目の前に柊がいるような感覚に包まれて、あずさは気付いたときには最上の身体を強く押し返していた。

「滝川……？」

「ごめん……最上。やっぱり、ダメ……」

そう言うと、まるで目が覚めたように起き上がって最上から少し距離をとった。捲《めく》れたスカートを直して太腿を隠し、慌ててブラのホックを留めて、はだけた胸元を両手で隠した。

「ごめん、最上。私……間違ってた。こんなふうに最上に甘えちゃダメだった。自分がおかしかった原因分かってて、それ誤魔化して最上に縋ろうなんて最低だった」

そう言ってあずさは、ゆっくりと柊と出会ってからのことを話し始めた。

柊を拾って一緒に住むようになった経緯は以前話していたが、あの時、最上に知られては自分に都合が悪くて隠していた彼との関係についても今回は包み隠さず正直に話した。

最上はあずさの話を黙って聞いてくれていたが、あずさと柊の本当の関係を知って少なからずショックを受けているように見えた。

「彼、急に出て行ったままもうずっと連絡が取れないの」

「出てったって……もともと滝川の部屋を出る予定だったんだろ？」

「そうなんだけど――そのまえに、ちょっとしたことで彼と言い合いになって。頭冷やしてくるって出てったきり、一切連絡が取れなくなって……それからずっと音信不通」

あずさの言葉に、最上が驚いた顔をした。

「私ね、笑っちゃうくらい彼のことなにも知らなかった。三カ月も一緒に生活してたのに、彼の電話番号しか知らなかったの。何度も連絡してみたんだけど、電話は繋がらないし、彼の勤務先に押し掛けるようなことまでして。でも、結局会えなくて……」

「さんざん滝川に世話になっておいて、突然消えたきりってことか？」

「そんな言い方しないで。なにか連絡できない事情があるのかもしれないし」

「事情があるにしたってひとことくらい連絡するだろ、普通」

最上の真っ当で遠慮のない言葉がぐさりと胸に刺さる。

柊からの連絡がないことを、そうできない事情があると思いたいのはあずさ自身なのだ。

「だったら、なおさらそんなやつのこと、忘れちゃえよ。さっきも言ったけど、俺は滝川とのこと本気で考えてる。おまえが、柊って男のこと忘れられないままでも構わないよ」

真っ直ぐな最上の言葉に、あずさは少し俯《うつむ》きながら「ごめん」と謝った。

「滝川……。ごめんが早いよ」

最上の言葉に、あずさも覚悟を決めて彼を見つめた。

最上はいつだって真っ直ぐで嘘偽《うそ》りない言葉をくれる。そんな彼には、自分も本音で答えなければならない。

「最上の気持ちは本当に嬉しいの。でも……勢いで告白したあの頃とは気持ちが変わってしまったから」

確かに、長い間最上への想いを拗《こじ》らせていた。ずっと好きだったのは事実だが、柊に出会って、彼と生活を共にするうちにこれまでなかった感情が芽生えてしまった。

「私……柊くんのことが好きなの」

はじめは曖昧で、あずさ自身にもよく分からない感情だった。好意を持たれているのかさえ不確かで、若くて魅力的な彼に比べて自分に自信がなくて、芽生えた気持ちを認めることが怖くて誤魔化していた。

自分のなかで不確かだった感情が、やっと確かなものだと気付いた。

さっき最上とそういう関係になりかけたことで、自分が本当は誰を求めているかということが分かった。

「分かってるの！　自分でも彼とつりあわないってことくらい。はじめは本当にただ弟みたいに思ってた彼にいつの間にか惹《ひ》かれて……でも、ずっと気持ち誤魔化してて。急に目の前からいなくなって、やっと気付いた――彼がいないだけで寂しくて悲しくて、こんなにも不安定になってる自分自身に驚いてるくらい」

話しながら、声が震えた。

こうして話している間にも柊のことを思い出して泣き出しそうになっている。目の前に最上がいるのに、結局柊のことばかり考えてしまう。この気持ちを誤魔化すなんてできない。

「だから——ごめん。最上の気持ちには応えられない」

あずさが言うと、最上があずさを見つめてせつなげに微笑んだ。

＊＊＊

仕事を終えて家に帰るまでの道のりに、これほど足取りが重くなる経験をあずさはいままでにしたことがなかった。仕事を終えて家に帰るのは嬉しかったし、柊と一緒に住むようになってからは、彼の用意してくれる夕食が楽しみで一刻も早く帰りたいという気持ちのほうが強かった。

昼間は仕事に集中していて柊のことを思い出すことも少ないが、仕事を終えてマンションに帰るまでの道のりが地味につらい。

二人で歩いて帰った道、休日にたまに二人で買い物に来たスーパー。お気に入りのパン屋に近所のコンビニ。どの場所にも彼との思い出が残っている。

柊が部屋を出て行ってからというもの、気付けば彼のことばかり考えている。

ようやくマンションに帰り着いて、あずさはふと見上げたマンションの自分の部屋に明かりが点いていることに気が付いてはっとした。

「……もしかして！」

そう思った瞬間、反射的に駆け出していた。

エレベーターを待つ僅かな時間さえもどかしく、必要もないのにボタンを連打して、やって来たエレベーターに慌てて乗り込んだ。三階に着くと急いで部屋の鍵を取り出したが、気持ちが焦っているのか、普段なら難なく刺さる鍵穴に鍵を刺すことさえ困難になっていることで自分が酷く慌てていることを自覚した。

「柊くん⁉」

部屋に入るなり大きな声で呼び掛けてみたが、玄関にはあずさの靴が揃《そろ》えて置かれているだけで、部屋の中にも人の気配は感じられなかった。

「……なんだ」

ただ単にあずさが家を出る際に、電気を消し忘れていただけなのだろう。もしかしたら柊が――なんて考えた自分が恥ずかしかった。

よく考えてみれば、そんなはずはないのだ。彼に渡していた合鍵はすでにあずさの手元に返されている。

あずさはダイニングテーブルにバッグを置くと、そのまま放心したように座りこんでしまった。

家に帰ってキッチンを覗くと、いつも柊が笑顔で夕食を作ってくれていた。部屋中においしそうな匂いが立ち込めていて、帰りを待っていた柊が絶妙なタイミングで夕食をテーブルに並べる。

そんな姿がありありと瞼の奥に焼き付いている。思い出しただけで鼻の奥がつんと痛くなった。

すでに十月も終わりに近いというのに、カレンダーは九月のままだ。九月のカレンダーの最終週の土曜日には、柊が大きく赤丸を付けた予定がそのまま残っている。

しばらくの間ぼんやりとしていた。それからゆっくりと立ち上がってリビングに面した和室の引き戸を開けた。気のせいかもしれないが、ほんの微かに彼の匂いが残っているような気がする。

ほんのり甘くて優しい、なんともいえない心地よい匂い。匂いだけじゃなく、触れる肌の温もりも、少し鼻に掛ったような声も目を閉じたらまるですぐ傍にいるかのように思い出す。感覚が覚えている――とでもいうのだろうか。

全身が柊の気配に包まれているような感覚に陥って、涙が溢れた。静かに頬を伝った涙がはらはらと畳の上に染みを作りはじめ、そのうち溢れた涙が止まらなくなった。

「……っう、ひっ、う……」

そのまま嗚咽《おえつ》が止まらなくなり、あずさはわぁあんと声を上げて子供みたいに泣いた。

「急にいなくなるなんて……っ」

こんなふうに泣いたのは何年ぶりだろうか。仕事で悔しい思いをしたり、恋人と別れたり……それなりに苦しい思いをした経験は何度もあるが、小さな子供みたいに声を上げて泣いたことなんてなかった。

どうしてこんなに柊との別れがつらいのか。離れてみて——失って初めて気付いた。

あずさの心の中でいつの間にか柊の存在が大きくなっていた。一緒にいると楽しくて、傍にいるだけで心が安らいで、どこか愛おしくて。たった三カ月の同居生活の間に彼があずさにとってかけがえのない存在になっていたのだ。

最上に自分とのことを考えてくれと言われたときにすぐに答えを出せなかったのは、咄《とっ》嗟《さ》に柊のことが頭に浮かんだからだ。ずっと最上のことを好きだったはずなのに、いつの間にか柊の存在があずさの心を大きく占めるようになっていた。心変わりに気付かないふりをしたのは、大人の打算だ。

「……うっ、ひっく、ふっ」

瞼を閉じていると、柊の笑顔ばかりが頭の中に浮かび上がる。

「会いた……いっ。柊くんに、会いたい……寂しい」

ずっとずっと吐き出すことができずに胸の奥に澱《おり》のように溜まっていた本音が漏れた。

本音を吐き出した途端、畳の上にぺたんとしゃがみ込むとあずさは再び声を上げて泣いた。

第八章　慕る想い

十一月に入ってからもあずさは諦めずに柊に連絡を取ることを試みた。

相変わらず柊からの連絡はないが、電話が掛けられることから彼の連絡先がまだ生きていることだけは分かる。

ＭＧビルサービス本社にも足を運んだが、さすがに三度目の訪問で顔を覚えられた受付の女性に怪訝《けげん》な表情をされるようになった。

柊が出て行ってからすでに二カ月半が過ぎていた。これだけ連絡しても彼のほうから音沙汰がないということは、つまり柊のほうにあずさと連絡を取る気がないということなのだろう。さすがのあずさもこの頃には冷静な感情を取り戻していた。

いつまでも柊に囚われていてはいけないと、あずさはこれまで以上に仕事に打ち込んだ。

「お疲れ。ちょっと休憩しないか？」

ふいに声を掛けられて振り向くと、最上が立っていた。

あずさは溜《た》まっていたデータの整理を自ら買って出て午前だけ休日出勤をしていたのだが、ちょうど最上も別件で休日出勤していたらしく、ついさっき彼が姿を消すまで互いに黙々と仕事をしていた。

「帰ったたんじゃなかったの?」

「いや。腹減ったから飯買いに。滝川も腹減ったろ? 一緒に食おうぜ」

最上が近所のコーヒーショップの紙袋を掲げてあずさの隣のデスクに置くと、そのまま席に座って袋の中から二人分のサンドイッチとスープ、コーヒーを取り出した。

「ありがと」

先日の同期の飲み会のあと、最上に自分とのことを考えて欲しいと言われたあずさだったが、二人きりのホテルで最上からの積極的なアプローチを受けたことが、より強い柊への想いの自覚に繋《つな》がり、口に出して自分の気持ちを伝えたことで、あずさ自身の気持ちがさらに明確になった気がする。

「最近、頑張りすぎだろ。なんで面倒な仕事自ら引き受けてんだよ」

「面倒って……そんなことないよ。仕事楽しいから。働いてるほうが調子いいし!」

事実、仕事をしていれば余計なことを考えなくてすむ。

「なにが調子いいだよ……無理してんのバレてるからな。気を紛らわせてるだけだろ」

「……そんなこと」

「いつまでそうしてるんだよ? 結局、あいつから音沙汰ないんだろ?」

最上の言おうとしていることは大体想像がつく。

「分かってるの。忘れたほうがいいんだろうなってことは」

あずさの言葉に、最上が小さく息を吐いた。

「分かってるなら――」

何か言おうとした最上の言葉を敢えて遮るように答えた。

「いいの！　自分が納得できるまで彼のこと待ってみたいの。もう無理だって思ったらちゃんと諦める。だから、それまで」

最上の一番になりたい……そんなふうに思っていたのはほんの数カ月まえのことだ。最上が言い掛けた言葉はなんとなく想像がつく。彼の気持ちはもちろん嬉《うれ》しいが、いまのあずさはもう揺れたりはしない。

「頑固なやつ……」

「ふふ。知ってるでしょ？」

あずさが答えると、最上が呆《あき》れたような表情であずさを見つめた。

「なぁ……滝川。あいつのこと忘れられないままでもいいよ。俺が支えになりたいって思ったらダメか？　待ってたらダメか？　俺、ずっと後悔してる。滝川が気持ち伝えてくれたとき、ちゃんと気持ちに応えていたら今頃どうなってただろうって」

確かにあの時、最上に気持ちを受け入れてもらえていたならば、少なくとも今のようなことにはなっていなかったように思う。

普通に付き合って仲を深めて、たぶんその交際も順調にいったのではないかと思う。

「まぁ……過去はどうあがいたって変えられないのは分かってるんだけどな」

そう言った最上が、自身の言葉を噛《か》み締めるように静かにコーヒーを飲んだ。

「うん……」

あずさもつられるようにまだ湯気の立ったスープをスプーンで口へ運んだ。

そのまま会話が続かなくなり、食事をしながら少し気まずい時間が流れたが、最上が思い出したように再び口を開いた。

「話は変わるけど、まえに頭を悩ませてたインナーバッグの件、なんとかなりそうなんだって？」

そう訊《き》かれて、あずさは顔を上げた。

「ああ、うん。あれから藤原さんに相談してみたんだ」

「そうだったのか。確かに藤原さんなら知識も豊富だし、各方面強そうだ。いまのインナーバッグの帆布の生地選びも自分でメーカー渡り歩いたって話だもんな」

「そうなの。生地メーカーにも詳しいからいくつか紹介してもらって、実際に小谷と行ってきたの。おかげでよさそうなもの見つかった！　先週から製造部で試作品第二弾の製作に入ってるの。今度はうまくいくといいんだけど」

「そうだな。うまくいくといいな」

最上がサンドイッチを頰張って包み紙を丸めて放り投げると、気持ちいいほど綺麗《きれい》にゴミ箱の中に収まった。

「さーて。仕事するか！」

最上が自分のデスクに戻り仕事を再開するのを横目に、あずさもまだ半分ほど残ったサンドイッチにかぶりついた。

自分を気に掛けてくれる最上の気持ちは嬉しいが、自分の気持ちがはっきりした以上、このまま彼の優しさに甘えるわけにはいかない。

「最上」

「んー？」

「私のことは……待たないで。最上の気持ちは嬉しいけど……私、まだ終われないの」

誰でもいいから傍にいて欲しいんじゃない。

柊でなければ意味がないことをあずさはもう知っている。

＊＊＊

十一月も残り数日となったある日、あずさのスマホに一度だけ柊からの着信があった。

履歴を見て一瞬目を疑ったのだが、驚きのあまり手が震え、あずさは持っていたスマホを落としそうになった。

ちょうど仕事の打ち合わせ中で着信に気付くことはできなかったのだが、スマホの電話帳に登録されている番号であり、彼からの電話であることは間違いなかった。

残念なことに伝言メッセージは残っていなかった。けれど、柊があずさの前から姿を消してから初めての彼からのアクションだった。

慌てて折り返し電話をしてみたが、何度掛けてみても呼出音が鳴るばかりだった。

それから何日か経って十二月に入ったが、柊からの着信が残っていたのはたった一度だけ。それでも、諦めきれずにあずさのほうから何度も電話をかけてはみたが、結局一度も繋がらないままだった。

「あの電話、なんだったのかな……」

柊が本当に連絡をくれたのだとして、彼はあずさに何を伝えたかったのだろうか。

季節はすっかり冬になり、あずさの部屋の中も冬仕様に様変わりした。リビングには柊がいた頃にはなかった電気カーペットが敷かれ、ソファの上にはブランケットが置かれている。エアコンのついた部屋はとても暖かい。

あずさは夕食とその後片付けを済ませてリビングで仕事の資料を広げた。

一人の生活にも慣れてはきたが、それでもふとした拍子に柊のことを思い出す。

換気のために少しの間開けていた窓から夜風が入り、カーテンが大きく揺れた。冷たい風に身震いして、窓を閉めようと立ち上がり掛けたとき、テーブルの上のスマホが音を立てた。

なにげなく画面をのぞき込んだその時、画面に表示された懐かしい柊の名前にはっとして、あずさは慌ててスマホを摑《つか》んでその電話に出た。

「も、もしもしっ……⁉　柊くん、なの……？」

恐る恐る訊《たず》ねてみたが、返事はない。あずさは黙ったまま電話の向こうの気配を窺《うかが》った。

外にいるのだろうか、電話越しに微かに風の音が聞こえる。

「少しまえにも電話くれたよね。出られなくてごめんね。何回か電話掛け直したんだけど、結局繋がらなかった……」

そこまで言葉にしただけで、柊がいなくなってから一人で過ごした日々のことを思い返して鼻の奥がツンとなった。突然連絡がつかなくなって、彼と繋がるものがすべて断たれていたあずさにとって、この電話が柊と繋がっていると思うだけで涙が溢《あふ》れそうだった。

『……ごめんね、あずささん。突然出て行ったりして』

電話の向こうから声が聞こえた。

――ああ、本物だ。間違いなく、柊くんの声だ。

『あれから……家のことでいろいろゴタゴタしてて、なかなか連絡できなかったんだ』

「うん」

『ああ、もう。それだけじゃないんだけど、本当なにから説明したらいいか……』

「いいの。連絡くれただけで十分。事情があって連絡できなかったってことはいまの柊くんの言葉で分かったから」

以前柊が残した手紙に嘘《うそ》がないことが分かった。あずさを拒絶していたわけじゃなく、柊にとってそうできない理由があったと分かっただけで心の底からほっとした。

「柊くん、いまどこにいるの？　ちゃんと元気にしてるの？」

あずさが訊ねると柊が「うん。元気だよ」と返事をしたが、それ以上は何も言わなかった。

あずさも矢継ぎ早にあれこれ聞きたい気持ちを必死で抑えたのは、言葉を発してしまうと胸いっぱいになった気持ちが溢れて、本気で泣き出してしまいそうな気がしたからだ。

せっかく柊が連絡をくれたのに、泣いてすべてを台無しにしたくない。そんな気持ちからあずさが黙って受話口に耳を傾けていると、閉めようとしてまだ開けたままだった窓の遠くのほうから救急車のサイレンが聞こえた。

あずさが耳を澄ませていると、窓の外のサイレンの音に少し遅れを取るように、耳にあてたスマホの受話口からも小さなサイレンの音が聞こえてはっとした。

——もしかして、近くにいるの⁉

そう思った瞬間、あずさはスマホを片手に持ったまま慌てて玄関先のサンダルを引っ掛けて部屋を飛び出していた。三階までやってくるエレベーターを待つのももどかしく、逸る胸を押さえながら、ようやくやって来たエレベーターに乗り込むと一階のボタンを押した。

『……あずささん？』

電話越しに微かに柊の声が聞こえたが、返事をするよりなにより、エレベーターを降りるやいなや辺りを見渡した。マンションのエントランスに誰もいないと分かると、今度はそのまま外へと飛び出した。街灯が灯ったマンションの目の前の夜道を見渡してみたが、柊の姿は見当たらない。

けれど、近くにはいるはずだ。次第に遠ざかっていくサイレンの音が、電話の向こうからも聞こえてくる。あずさは白い息を吐きながら、両手を擦り合わせた。

十二月の夜の気温は低く、外は冷え切っている。一桁台の冬の気温の中、あずさは部屋着のまま外に飛び出して来た。部屋にいるときとは違い、外気の冷たさに身体が次第に冷えてくる。

「柊くん、どこ？　いま、近くにいるんでしょう？　ねぇ！　どこなの？」

柊がいそうな場所を考えてみたが、何一つ思いつかない。ただ、どちらかといえば駅に向かう道のほうが彼にとって馴染《なじ》みがあることだけを理由に、いまだ繋がったままのスマホを手に駅の方角へと走り出した。

ほんの数十メートル走っただけではぁはぁと息が上がる。慌てていたばかりに走ることには到底適さないサンダルで出てきたことを心の底から後悔した。

『あずささん、まさか……俺を探してるの？』

「そうよ、探してるわよ！」

『こんな夜更けに一人で危ないよ。なに考えてんの』

「だったら、いますぐ出て来てよ。すぐ傍に来てるのにどうして姿を見せてくれないの？

柊くんが、真っ直ぐ部屋まで会いに来てくれてたら、こんな真冬に部屋着のまま髪振り乱して走ったりしてない！」

半ば逆切れのように言ってからあずさは再び走り出した。大人になってから、こんなにも必死に走ったことがあっただろうか。ただでさえサンダルで走りにくいのに、日頃の運動不足がたたって思うように足が動いてくれない。けれど、このチャンスを逃してしまったら、また彼と会える保証はないのだ。

柊とよく立ち寄ったコンビニの駐車場のまえまで来た時、何かに躓《つまず》いて派手に転んでしまった。ズサァと地面を擦る音とともに足に痛みが走った。

「痛っ、たぁ！」

情けないと思いながら、ゆっくり身体を起こすと部屋着のズボンが破れて、血の滲《にじ》んだ膝が覗《のぞ》いていた。擦りむいた膝も痛かったが、それよりも寒さで手がちぎれそうに冷たいことのほうがつらかった。

「……格好悪いなぁ、もう」

そう呟《つぶや》くのと同時にふいに涙がこみ上げ、転んだ拍子に手から滑り落ちて二メートルほど先へ飛んだスマホを拾おうと立ち上がりかけたとき、どこからともなくはぁはぁと息を切らして駆け寄って来たのは、柊だった。

「あずささん、大丈夫？　怪我ない？」

「……膝擦りむいた」

そう答えるのと同時に、あずさは冷え切った手で拳を作り柊の胸をドンと叩《たた》いた。

「ごめん……。俺、あずささんに合わす顔ないと思って……」

「じゃあ、どうして今頃連絡してきたのよ。なにも言わずに突然私のまえから消えたくせにっ！」

――こんなことを言いたいんじゃない。思わず口から出た責めるような言葉を取り消したいと思ったが、そんなことが叶《かな》うはずがないのはよく分かっている。

「ごめん、あずささん……」

久しぶりに間近で聞く柊の声、久しぶりに触れる柊の体温。見上げた先にある懐かしい顔を見た瞬間、堪えていた感情が一気に噴き出していくようにあずさの目からボロボロと涙が溢れ出した。

「――ぅ」

次々と頬を伝う涙を、柊が両手で包むようにして何度も何度も拭う。顔は冷え切ってあまり感覚がないはずなのに、流れる涙がほんのり温かいのが分かる。

「あずささん……っ」

困ったような、それでいてとても温かく優しい目であずさを見つめる柊の表情を見ているだけで、これでもかと涙が溢れてくる。薄着に気付いた柊があずさを抱き寄せ、自分が着ているふかふかのダウンジャケットの中にあずさを閉じ込めた。

こんな夜更けのコンビニの駐車場で人目もはばからず号泣する三十路女と、それを宥《なだ》めるイケメンの姿はさぞ滑稽に映っただろう。通り掛かる人々や店の利用客が物珍しそうにこちらを見ているのが分かったが、勢いづいた涙はそう簡単に止まってはくれなかった。

どれくらいの間、そうしていただろう。ようやく嗚咽《おえつ》のおさまりつつあるあずさの様子を窺いながら柊が言った。

「あずささん、冷え切ってる。早く暖かい部屋に戻って、擦りむいた膝手当てしなきゃだね」

「……うん」

「それから、俺の話聞いて」

「うん……」

みっともないほど泣いて、酷くむくんだ顔を見られるのが嫌で俯《うつむ》いたが、柊のまえではそれもいまさらな気がした。

第九章　溶け合う想い

　二人でマンションの部屋に帰ると、すぐさま柊があずさの怪我の手当てをしてくれた。膝や手のひらに出血はあったものの、擦りむいただけで傷自体はたいしたことはなかった。破れたズボンを寝室で履き替えてリビングに戻ると、柊が自分の使っていた和室を覗《のぞ》いていた。

「変わってないんだね」

「元々物置だった部屋だもの。柊くん用の布団を片付けただけであとはなんにも」

　それでも部屋は掃除して清潔に保っていた。はじめのうちは、柊がいつ戻って来るか分からなかったからというのもあるが、物置に戻してしまうことで柊のいた形跡を消したくなかったというのが本音かもしれない。

「お茶淹《い》れるね。座ってて」

　あずさが言うと、柊が「ありがとう」と頷《うなず》いて和室の引き戸を閉めた。

　温かいお茶を用意して柊にソファに座るよう促すと、彼は「あずささんが座って」と言って、身体の冷えたあずさを気遣い、肩にブランケットを掛けた。部屋はすでに暖かかったため、身体が温まるのにもそれほど時間は掛からなかった。

柊はあずさの淹れたお茶を一口飲むと、あずさの顔が見えるようにカーペットの上に座った。

「なにから話せばいいか……」

「じゃあ……私が訊《き》いてもいい？」

あずさは一番知りたかったことを訊《たず》ねた。

「突然、出て行ったのはどうして？」

彼が出て行ったのは本当に突然のことだった。

「──あの夜、頭冷やすって出て行ったでしょ。あずささんの気持ちを無視して……強引にあんなこととして。頭冷やしたら戻るつもりでその辺を散歩してたら急に母親からじいちゃんが危篤だって連絡が入ったんだ……」

あずさは黙って柊の話を聞いていた。

「じいちゃん、一年くらい前にガンが見つかったんだよね。その時すぐに手術をして病巣は切除したらしいんだけど、半年くらい前に転移が見つかって実家の近くの大きな病院に入院してて」

初めて柊を部屋に連れて来たとき、彼の義理堅さはおじいさんの教えだと言ってたことをふいに思い出した。

「あずささんのとこに置いてもらうようになってからも、休みの日を利用してたまに病院に見舞いに行ってたんだ。ただ……ガンの転移の広がりが早くて、抗がん剤もあまり効かなかったからどんどん衰弱していってね。どのみち危ないってことはある程度覚悟はしてたんだけど、親から連絡もらったときはさすがにびっくりして。その足で慌てて病院まで駆けつけて……なんとか最期を看取ることはできたんだけど」

祖父の最期の時のことを思い出したのか、柊が少し声を詰まらせた。

「俺、小さい頃からじいちゃんが大好きだったから、ショックで頭真っ白になっちゃってさ。そのあと、葬儀でバタバタして気付いたら一週間くらい経ってた。あずささんには言ってなかったけど……俺のじいちゃんMGビルサービスの社長だったんだよね」

そう言った柊に、あずさは大きく頷いた。

「驚かないんだね」

「うん。柊くんと連絡取りたくて、少しだけ柊くんの会社のことを調べたの。柊くん、うちには来なくなったけど会社に籍があることは分かったから、何度か本社にも行った。そこで偶然柊くんがMGビルサービスの社長の息子だってことも知ったの。何回も本社に行ったたから受付の子に顔覚えられて……すごく不審な顔されたから、もしかしたらストーカーかなにかに間違えられてたかも」

あずさが小さく笑うと、柊が驚いたように目を見開いた。

「ごめんね。柊くんのスマホに何度も連絡したんだけど、ずっと繋《つな》がらなくて連絡の取りようがなかったでしょう？　会社通してなら連絡取れるんじゃないかなって思って……」

あずさの言葉に、柊が申し訳なさそうに頭を下げた。

「……そう、だったんだ。ごめん、連絡できなかったのは、じいちゃんの葬儀でいろいろあったのもあるけど、親父が社長になったことで俺の立場もこれまでと同じってわけにはいかなくなったんだ」

そう言った柊が、小さく微笑んだ。

「親父が正式に社長になって……俺にも内部の仕事に関わるようになって急に親父の監視下に置かれるようになったんだよね。俺、大学のころから会社でバイトはしてたけど、春に入社したばかりの新人で研修中の身だったでしょう。正直右も左も分からないのに、毎日あちこち連れまわされて――いっぱいいっぱいで」

「大変だったんだね。柊くんもいずれはその……会社継ぐことになるんだよね？」

「うん、そうだね。親父はまだ若いし、かなり先の話だけどね。でも、俺も早く仕事覚えて親父を支えられるくらいにならなきゃとは思ってる」

そう言った柊の顔が、ほんの少しだけ大人びて見えた。自分もいずれ跡を継ぐのだという自覚をしっかりと持っている顔だ。

「あと――あずささんに連絡できなかった……いや、しなかったのは、俺の中で迷いがあったからなんだ」

「迷い？」

あずさは思わず訊き返していた。

「あんなふうに別れたきりで、ずっと気になってた。あの時は本当にごめん……俺、酒飲んだ勢いで酷い嫉妬むき出しにして。自分が子供過ぎて嫌になるよ」

柊が姿勢を正して頭を下げてから、ゆっくりと顔を上げてあずさを見つめた。

「俺——、一緒に暮らすうちに、いつの間にかあずささんのこと好きになってたんだ」

柊の真っ直ぐな視線に、あずさは彼から目を逸らすことができなくなった。

「最初は、親切なお姉さんだな……くらいの気持ちだったんだよ。顔見知り程度の俺のこと部屋に連れ帰ってくれてさ、期間限定って条件つきだったけど同居まで許してくれて。あずささん、美人なのに気取ったとこなくてすごく気さくで優しくて、面倒見もよくて。そうかと思えば、一転して子供みたいなところもあって。俺の作った飯、めちゃくちゃおいしそうに食べるし。一生懸命っていえば聞こえはいいけど、仕事に必死すぎてリビングで寝落ちとかしょっちゅうだし、目が離せないなって思うとこもたくさんあって——」

柊の言葉を聞いているだけで、彼と出会ってから一緒に過ごした時間が走馬灯のようにいくつもいくつも頭に浮かんでくる。

「そのうち身体繋げるようになって……初めはつらそうなあずささん慰めたいって気持ちだったけど、一度抱いたら……なんていうか離したくないなって。この人自分のものになんないかなって思うようになって」

言葉を繋ぎながら次第に俯《うつむ》きがちになる柊の頬が、ほんのり赤く染まっていることに気付いてなんともいえない気持ちになった。

柊の態度や仕草にそこはかとない甘さが加わるようになったのは、確かにその頃だった。

「あずささんに惹《ひ》かれていくにつれて、最上さんに嫉妬するようになった。あずささんがまだあの人のこと好きなの知ってたけど、正直上手くいかなければいいのにって思ってた。一度振ったくせに、気のある素振りで振り回してんなよって」

「柊くん……」

「でも――悔しいけど、お似合いだって思った。職場でよく一緒にいるとこ見掛けたけど、二人とも大人で仕事できる感じだったし。最上さん、見た目も爽やかでかっこいいし、あずささんも美人だしさ。まさに、美男美女って感じで……」

そう言った柊がちらと顔を上げた。

「最上さん、一度しか話したことないけど、いい男だったもん。あずささんがずっと好きだった人って知ってたし、俺がいなくなって二人がうまくいくんなら、そのほうがあずささんのためなのかなって考えたりもして」

狙っているのか素なのか、柊の上目遣いの破壊力たるや。一緒に暮らしているうちに、少しは慣れた気になっていたが、彼が出て行ってからイケメン男子に対する耐性が低下しているあずさにとって、些細《ささい》な表情にさえドキドキする。

「俺の気持ち、少しも気付いてなかった？」

そう訊かれて、どう答えていいか分からなかった。

好意は感じていた。でも、それは恋ではなく単なる人間愛というか。ただ懐かれているだけだと思っていた。

「俺、真剣だったのに。あずささん、俺がなに言ってもいつもはぐらかすし」

「そ、それは……！　だって、本気だなんて思わないじゃない。柊くんみたいな若い子が、私みたいなオバサンになんて。冗談とか、からかってんのかなって思うわよ」

あずさの言葉に、柊が不機嫌な表情を隠さずに言った。

「ほら！　そうやってあずささんは、すぐ歳の差で線引きしたがる」

「線引きしたくもなるよ。私、もうすぐ三十。柊くん二十三。七つも歳の差あるのよ？」

「もうすぐって、まだ二十九でしょ。わざと歳の差広げることないじゃん」

「う……」

確かに、若い柊に対してほんの少し卑屈なところがあるのは認める。けれど、三十路目前の自分との年齢差にどうしたって引け目を感じてしまうのは事実なのだ。

「俺、早く大人にならなきゃって思った。年齢差が縮まることはないけど、いつまでもあずささんに子供扱いされるの嫌だって――。俺だって、あずささんに頼られたいし、支えられるようになりたい」

そこまで一気に言った柊が、大きく息を吐いた。

「親父の傍で仕事覚えることになって……余計なことに時間を費やしてる暇はないって必死だったけど、俺、大事なことすっ飛ばしてた」

「……大事なこと？」

あずさが訊ねると、柊が「うん」と頷いた。

「俺、あずささんが大好きなんだ」

これ以上ないほどの真っ直ぐな目で言われて、あずさのほうが狼狽《うろた》えてしまった。こんなにもストレートに「好きだ」なんて言ってもらえたのはたぶん人生初めてだ。

大人になると格好悪いことをしたくなくて、自分の気持ちをただ素直に相手に伝えるということが出来なくなるぶん、柊のシンプルな言葉はあずさの胸に刺さって、痛いくらいだった。

痛いくらい響いて、痛いくらい沁《し》みる――。

「仕事でキャリアもあるあずささんと違って、俺まだなんにもないし頼りないかもしれないけど……追いつけるように必死で頑張るよ。だから――俺にチャンスください」

そう言った柊がカーペットの上に正座で座り直して深く頭を下げた。

同じようなことを最上にも言われたことがある。あの時は、嬉《うれ》しい気持ちもあったが、あずさの心がすでに柊に動いた頃で困惑のほうが大きかった。同じ言葉を柊に言われて分かった。同じ言葉なのに、響きが全然違う。嬉しくてくすぐったくて、今にも踊り出しそうな喜びで胸がいっぱいになっている。

「ちょ、ちょっと……やめてそんな」

あずさが慌ててソファから下り、床に膝をついて柊の身体を起こすと、柊があずさを真っ直ぐに見つめた。

「もう……どうかしてるよ。柊くんみたいな子がどうして私なんか」

あずさが言うと「またそういう言い方」と言いながら、柊があずさを優しい目で見つめた。

「どうしてって言われても、分からないよ。ただ、惹かれる。会いたいって思うのも傍にいたいって思うのも、触れたいって思うのもあずささんだけなんだ。それって、好きってことでしょ？」

柊の言葉にあずさも同じように思うことがあった。

ある日突然あずさの生活のなかにするりと入り込んできて、まるで空気のようにあっという間にその生活に馴染《なじ》んでいて。いつの間にか、その空気がないと呼吸ができないほどあずさにとって不可欠な人になっていた。

柊にはもちろんいいところがたくさんあるけれど、彼のどこがいいとか、何がいいとか具体的に説明しようとすると途端に難しくなってしまう。

纏《まと》う空気や、気配、ただそこにいるだけで安心する。彼の笑顔を見るだけで嬉しくなる。ただ、傍にいて欲しい。どうしようもなく惹かれてしまう。そんな気持ちはあずさにも身に覚えがあり過ぎるくらいに分かる。

「ダメかな？　あずささんが誰と付き合っててもいい……本当は全然よくないけど！　もし誰かのものになってても絶対に振り向いてもらえるように頑張るし、奪い返してみせる！　そう思うくらいには、本気だよ」

柊のストレートな言葉が、胸に深く刺さる。

一緒に暮らしている頃は、若いわりに大人で穏やかでもっと余裕があるように見えていたけれど、こんなふうに必死に訴える姿は少し青臭くて歳相応に見える。そんな彼の姿がどうしようもなく愛おしく思えた。

「ダメじゃない……」

あずさが答えると、柊が顔を上げた。

「ダメじゃないよ。私が柊くん探すのにどれだけ必死だったと思ってるの？　いくら連絡しても音沙汰ないし、ひょっとして迷惑なのかなって何度も諦めようとして、それでも諦めきれなくて会いたくて――」

「え？」

あずさは驚いた顔をした柊にそっと近付いて、気付けばその身体を抱き締めていた。

懐かしい彼の身体から伝わる温もりに心からほっとする。

「ずっと、会いたかったの。会いたくて、会いたくて――どうにかなりそうだった。分からない？　じゃなかったら、夜更けにこんな薄着で外に飛び出したりしてない……！　転ぶほど必死に走って柊くん探したりしてない――っ」

一度は引っ込めたはずの涙がまた溢《あふ》れた。

「柊くんがいなくなって、初めて自分の気持ちに気付いたの」

言いながら、手のひらで涙を拭った。

ここでまた泣いてしまったら、大事なことが言えなくなってしまう。次なんてない。いつだって会えるなんて保証はない。人生なんて何が起こるか分からないのだ。大事なことは思ったときに伝えなければ、それが一生の後悔になることをあずさはもう知っている。

「柊くん……」

必死で涙を堪えて、溢れてしまった涙は全部手のひらで拭った。酷い顔をしている自覚はある。それでも、そんなことに構っている余裕はなかった。

「いままで、はぐらかしたり誤魔化したりしてごめんね。私も……柊くんが好き」

自分の気持ちを誤魔化して、大切な人を失うのはもうたくさんだ。

二人の間の年の差とか、社会経験の差とか、埋められないものはたくさんある。自分たちが必要だと思えば埋める努力をすればいいし、必要のないものは上手く生かしていけばいい。

自分の心のまま、この人だと思う相手の傍にいたい——好きってきっとそういうことなんだと思う。

「——嬉しい。待って！　どうしよう、想定外だ」

「え？」

「あずささんにそんなふうに言ってもらえるなんて思ってもみなくて」

あんなに真っ直ぐな言葉で気持ちを伝えて来た柊が、あずさの言葉が想定外だといって狼狽えている姿が可愛くてこのまま離したくないと思ってしまった。

「好きだって……言わないほうがよかった？」

「そんなわけないだろ！　嬉しいよ、めちゃくちゃ！　このままあずささんのこと攫《さら》って行きたいくらいだよ」

柊の言葉はとても嬉しかったが、実際にそんなことができるわけないのも分かっている。

すると、まるでタイミングを見計らったかのように柊の上着のポケットの中のスマホが震え、彼が少し怯《おび》えたような表情をした。

「うわ。掛かってくると思った……」

そう言った彼がスマホの画面を確認するなりげんなりとした顔をした。

「誰なの？」

「親父の秘書で、俺の教育係。いま、この人に仕事教わってるんだ。優秀なんだけど、細かい人で、どこでなにしてんだっていちいちうるさいったら……」

あずさも横から彼の画面を覗き込んでみたが、不在着信がすでに二十件近い。彼の教育係は、柊の無断逃走に相当ご立腹の様子だ。

「戻らなきゃだね……」

あずさが言うと、柊が「ええ？」とこの世の終わりのような顔をした――が、それはほんの一瞬のことで何かを思いついたのか唇を引き結んだ。

「いいんだ。プライベートな時間にまで口出しされてたまるか！」

そう言うと、柊は直接電話をするのはさすがに避けたいのか、しつこいほどの不在着信の相手に『朝までには戻る』と短いメッセージを送り、スマホを再び上着のポケットにしまった。電源を切って連絡手段を絶ってしまわないあたりが、心優しい柊らしい。

「あずささん。リミットは明日の朝。今夜一晩……ここにいていいかな？」

柊も彼なりに、いろいろな覚悟を決めてあずさに会いに来ているのだと思う。いまここで彼を帰そうが帰すまいが、彼の覚悟が揺らぐことはないのだろう。

ほんのひとときの逃走。朝になれば、彼は自分の帰るべき場所に戻って行く。

彼が戻ってしまえば、またしばらくの間会えないのかもしれない。

それでも、信じたい。柊が、自分がいいと言ってくれた言葉と、あずさ自身が彼の傍にいたいと願い、それが続いて行く未来を——。

「もちろん。柊くんが大丈夫なら」

どちらからともなく身体を寄せて、そっと唇を重ねた。ずっと焦がれていた彼の温かな唇が触れただけで幸せに身体が震えた。

「……そんな優しいキスじゃ足りない」

もっとして欲しくてあずさが強請ると、柊がほんの少し困ったような顔をしてから「煽《あお》るなぁ」と嬉しそうに笑った。

「言われなくてもそのつもり。俺だってこんなんじゃ全然足りない。いっぱいキスして、身体中舐《な》めまわして、あずささんを朝まで味わいたい」

「うん……いっぱい味わって。私を柊くんで埋め尽くして」

こんな言葉を自分が口にする日がくるなんて思ってもみなかった。いい歳して恥ずかしいという人並みの羞恥心は持ち合わせているが、ずっと会いたくて会いたくて、やっと気持ちを伝え合うことができた。

この次いつ会えるのかさえ分からない相手に、自分を抑えておくことなんて不可能だ。もっともっともっと——唇を重ねたそばから次が欲しくて飢えていく。柊が舌で歯列をなぞるのを受け止め、触れた舌先を絡め合って、溢れる唾液を零さないようさらに深く重ねる。自分でも信じられないほど夢中になって柊の唇を追い掛けていた。

「あずささんって……こんなに情熱的だったんだ？」

「……分からない。こんなふうに強請ったりするの初めてだもの」

「俺が初めてってこと？」

柊の問いに小さく頷くと、彼がさらに興奮したように強くあずさを抱き締めた。

「ヤバイ……めちゃくちゃ可愛い！」

「ずっと会いたかったの。柊くんいなくなって、寂しくてどうにかなりそうだった。やっと会えたの。ずっとこうしたかった。されたかった。こんなの初めてで私だって戸惑ってる……」

自分でもわけが分からなかった。こうしてほんの少し離れているだけでも飢えていく。柊を欲しいという気持ちが止められない——。

キスを続けながら、柊があずさの部屋着の上から胸に触れた。両手であずさの胸を摑《つか》むように揉《も》みしだく力は強くて、彼自身の興奮が伝わって来る。

柊がもどかしそうに部屋着の裾から手を入れて、素早くあずさの腕を抜いた。ほんの一瞬キスを止め、部屋着に手を掛けて一気に剝ぎ取った。

「あずささん……」

柊があずさの露になった胸を凝視し、下から持ち上げるようにしながらその感触を確かめている。両手でたゆたゆと乳房を揺らし、親指の腹で先端をくるくると動かす。彼から与えられる久しぶりの刺激に胸の先が敏感に反応する。

「柔らかくて気持ちいい。先、尖《とが》って来たね」

優しく捏《こ》ねられているだけなのに、まるで胸の先と感覚が繫がっているみたいに身体の奥から熱が湧き上がる。

「気持ちいい？」

そう訊かれてあずさが素直に頷くと「じゃあ、もっと気持ちよくするね」と言った柊が胸の先に吸い付いた。大きく開けた彼の口に先を含まれ、舌で優しく撫《な》でられたかと思えば強く吸われる。柊の熱い舌の感触に快感が高まっていくなか、トドメのように歯を立てられて、その痛気持ちいい刺激にあずさの身体が大きく跳ね上がった。

「ああっ……！」

思わず声を漏らすと、ふぅと興奮を抑えるような深い息を吐いた柊と目が合い、反射的に胸を手で隠した。

「あずささん、手どけて。もっと触りたい」

強引に手を押さえ付けられ、そのままゆっくりと床に押し倒されて再び唇を塞がれた。息ができなくなるくらい激しく求められて、苦しさに溺れそうになる。それでも、その苦しいくらいのキスが彼に求められているんだということを実感できて嬉しさに涙が出そうになった。

手を床に押し付けて拘束されたまま、頬に口に首筋にと、肩から上は彼の唇が触れてないところはないというくらい隙間なく彼からキスの雨を浴びた。それだけですでに惚《ほう》けてしまいそうになっているあずさを見て満足げに微笑んだ柊は、ようやく手の拘束を解いてその手であずさの胸を包み込んだ。

「胸、すごく気持ちいいよ。この弾力も触り心地も綺麗《きれい》な乳首の色も大きさも……ずっと触ってたい」

静かな口調ではあるが、息遣いで柊が興奮しているのが分かる。いままで自分の気持ちが不確かなのもあり、彼から向けられる欲情から目を逸らしていた。

でも、今夜は見たい――自分に発情している彼の表情のすべてを見ていたい。

柊が左手であずさの胸に触れたまま、反対の手でそっと腹を撫で、手を伸ばして下着の縁を指でなぞった。下着に施されたレースをその模様を確かめるようになぞり、徐々にその指をあずさの敏感な部分へ滑らせていく。彼の指が下着の上からあずさの熱くなった部分を探りあて、そこを指で押されると湿った感触が伝わった。

「キスだけで気持ちよかった？　もう下着まで濡《ぬ》れてる」

「……っふ」

「中も触るね」

そう言った柊があずさの下着に指を掛け、その隙間から直接あずさの熱く熟れた部分に触れた。くちゅという濡れた音がして、柊の指先が熟れた部分をかき回す。

「あ……やぁ、っ」

湿った音が徐々に大きくなり、与えられる刺激にあずさの中で何かがはじけそうになるのを必死に堪えた。

「だめ……っ、そんなにしたらっ」

快感が高まっていくことに身体がゾクゾクとしつつも、その湧き上がって来る快感が急に怖くなって必死で柊の腕を摑んだ。

「ダメなの？　指で弄るたびに中からとろとろしたの溢れて来てるよ」

「……弄られると、変になっちゃ、ぁあ！」

「変？　それ、気持ちいいってことでしょ？　もっとよくしてあげたいから脚開いて」

「や……待ってっ」

あずさなりに抵抗をしてみたが、柊は嬉しそうな顔であずさのズボンに手を掛けそれを一気に引き抜いた。ショーツ一枚にされたあずさの脚にひやりとした空気が触れる。柊の目が心許ないほどに残された僅かな面積のショーツに注がれていることを意識してますま

す身体が熱くなった。

「これも、取っちゃおう。ね？」

恥ずかしくて堪らないのに囁《ささや》くように強請る柊の声が、催眠術にかかってしまったみたいにあずさの理性を奪う。

自分の敏感な部分から欲情の蜜がとろりと溶けだしているのが分かる。お腹を空かせた野性の動物みたいに涎《よだれ》を垂らして柊の熱を欲しがっているようだ。ただ見つめられているだけなのに、ひくひくと痙攣《けいれん》した奥がもっと欲しいと強請るように蜜を垂れ流す。

「あずささんのココ……もうとろとろだ」

電気も消されていない明るい部屋で、丸裸になったあずさの身体を柊が舐めるように見つめている。いやらしい目だと思うのに嫌だとは思わなくて、むしろその視線が心地いい。あずさを見つめたまま柊自身も自分の上着を脱ぎ去った。

彼の身体を見るのは初めてじゃないのに、彼から溢れる圧倒的な男っぽさにあずさの鼓動が速くなる。服を着ていると細身に見えるが、間近でみる広い肩幅や筋肉の隆起に思わず目を奪われる。

「ごめん。こんなところで押し倒したら身体痛いよね。ベッドまで運んでいい？」

「え、ちょっ、重いから……」

「はは、全然余裕。ていうか、俺、寝落ちしたあずささんを何回ベッドまで運んだと思ってんの」

柊は笑いながら軽々とあずさを抱き上げ、しっかりとした足取りで移動するとベッドの上に横たえた。

明るいリビングと対照的な薄暗い寝室で、柊がベッドに手を付いてあずさを見下ろした。暗い部屋にいるとはいえ、見つめられていると恥ずかしさが湧き上がる。胸と下腹部をそっと手で覆うと、柊にその手を摑まれた。

「なんで隠すの。これからもっと恥ずかしいとこじっくり見たいと思ってるのに」

「だって……」

何度か身体を重ねているはずなのに、彼に身体を見られる恥ずかしさだけは慣れない。

「ほら、手どけて。脚も閉じちゃダメだよ」

そう言った柊が身体を屈め、そっとあずさの脚を割って両手で抱え込みながら、お腹の辺りに唇を付けた。

「いっぱいキスして舐めまわすって言ったでしょ」

あずさのお腹周りに何度もキスを落としながら脚のほうへ唇を付ける位置を移動していく。彼の息がかかるだけでその刺激に身体が震え、キスをされているだけでこんなにも感じる。

「甘い声、可愛い」

自分の声をあまり意識したことはないが、柊に触れられると確かに普段の自分からは想像し難いような声が漏れ出てしまう。

「すごく濡れてる」

柊があずさの敏感な部分に指を滑らせた。彼が指をこすり付けるたびに生々しい湿った音がする。指の滑りのなめらかさから自分が酷く濡れているのが分かった。

「とろっとろだ。あずささんも分かるよね？」

言わないで、と思いながらもその言葉にさえゾクゾクとして、身体がもっと強い刺激を求めてしまう。

「指、擦れて気持ちいい？」

「……もち、いっ……」

「だったら、もっと脚開いて。そのほうが奥まで届く」

浅い部分を擦っていた指先がふいに中に触れた。

「すんなり飲み込まれた。すごいよ……俺の指に中の壁が吸い付いてくるみたいだ」

中を指で擦られ、かき回されるたびに「あっ、あ、ああっ」と切れ切れの声が口の端から漏れてしまう。恥ずかしくて口元を両手で覆ってみても、漏れ出る声を抑えきれない。

彼の指の刺激が気持ちよくて、自分の理性を保っているのが次第に困難になってくる。

「あずささんはどこもかしこも敏感だね」

頭の中が気持ちよさで埋め尽くされて、他のことが考えられなくなってしまうようで怖くて、必死で彼の身体にしがみついた。

「……ダメ、そんなに動かしたらっ」

「ダメって……あずささんが強請ったんだよ、俺で埋め尽くしてって。ほら、中がひくひくしてる。イキそう？　でも、指じゃ少し痛いかな」

そう言った柊があずさの両脚を大きく割って押さえつけると、そのまま舌先で潤みに触れた。

「……ぁあっ」

柊の熱い舌の感触に、あずさの身体が大きく波打った。ごつごつした指の感覚とは全く異なる柔らかくて熱い舌先があずさの潤みを刺激し、芯から溢れ出た愛液を柊が舌で舐め取った。

「ダメなんて嘘《うそ》だ。どんどん溢れてくるよ。全部舐めてきれいにしてあげる」

「待っ……やぁ、あ」

強烈な快感があずさの全身を駆け抜け、その快感に手足が震えて涙が零れる。それでも柊は、あずさの脚を抱え込んだまま執拗《しつよう》に潤みを舌で攻め続け、あずさは声にならない悲鳴を上げた。

「まだだよ」

手でシーツをぎゅっと握り、大きく広げられて不安定に宙に浮く足先に力を入れる。柊の舌先が潤みを何度も何度もかき回し、溢れた愛液を、じゅるじゅると音を立てて吸い上げた。

「……ああっ、イっちゃうからっ」

「イっていいんだよ。イカせたくていっぱい舐めてるんだから。どうせなら、イカせてって言ってほしいな」

いまだかつて、そんな言葉を男に強請ったことはなかった。そもそもセックスはそこまで積極的なほうではない。これまでの相手もいま思えば淡泊なほうだったかもしれない、と思ったのは柊と初めて身体を重ねた時だった。

持って生まれた身体の相性というのもあるのかもしれないが、初めて彼に抱かれたとき、溺れてしまいそうだと思ったことは覚えている。

「ねぇ、イカせてって言ってよ。さっきは強請ってくれたじゃん。同じように強請って」

「……っ」

して欲しいと素直に言えばいいのに、催促されると急に照れくさくて言えなくなってしまうのはなぜだろう。そうしている間にも柊は舌先で潤んだ部分を突き、あずさの反応を楽しんでいる。

「も……意地悪……。そんなこと言わせて楽しい？」

「うん、楽しい。あずささん、いつも俺のこと子供扱いしてあんまり自分からなにかしてって頼んでこないから、強請られるの嬉しいんだ。なんでも嬉しいけど……エッチなことならなおさら嬉しいよ」

――悪魔がいる。いや、小悪魔か。

少し意地悪な顔を覗かせつつも、相手が思い通りに動いてくれるのを期待するような目を向けてくる。あざとさと可愛さを兼ね備えた態度は、あずさより何倍も強請り上手だ。

「ほら。また溢れて来たよ」

そう言った柊が、溶け出た愛液を舌で掬《すく》いあげるように舐め取った。

あずさが悲鳴に近い短い声を上げると、柊があずさの両脚を抱え込み、下肢にさらに深く顔をうずめた。艶めかしい音を立てながら彼が舌で最も敏感な部分を愛撫《あいぶ》する刺激に、絶頂感が高められていく。

あと少し——なのに届かない。イケそうでイケない、イカせてもらえない。散々焦らされあずさはとうとう耐えきれなくなって涙目になりながら懇願した。

「……も、イキたいっ……」

最後に強い刺激を与えられ、あずさは大きく身体を震わせながらベッドのシーツを握りしめた。目の前がチカチカと星が飛んだようになり、ようやく元に戻った視界のなか、柊があずさを優しく見つめていた。

「すごいエッチな顔してイった」

「……もう、やだ。恥ずかしい」

「恥ずかしくないよ。可愛かった。でも、まだ終わりじゃないよ」

口元だけ微笑んだ柊をあずさはぼんやりとした目で見つめ返した。

「俺のことも気持ちよくしてくれる？」

そう言った柊があずさを優しく抱き起こし、腕を引いて自分の足の上にあずさを向かい合わせで座らせた。どちらからともなく顔を近づけて触れるだけのキスをすると、さっきまで貪るようにキスを重ねていたのが嘘みたいな新鮮さにまた胸が躍る。

あずさの下腹部に硬い感触があり、そっと視線を落とすと柊のはっきりとした欲情が視界に入った。

なんとなく恥ずかしくて直視するのは躊躇《ためら》われて、あずさはおずおずと手を伸ばして彼の欲情の証を両手でそっと包み込んだ。

若くて勢いのある彼のそれは想像よりも硬くて芯がある。いまにもはち切れそうに張り詰めていて、それこそが彼が自分を激しく欲している証拠なのだと思うとどこか興奮したような気持ちが湧き上がった。

「……どうして欲しい？」

あずさが訊ねると、柊が彼の欲情を包み込んだままのあずさの手を上からそっと包み込んだ。

「あずささんの中に入れて欲しいな。とろとろに蕩《とろ》けてるここに俺を入れて気持ちよくしてよ」

「うん……」

「じゃあ、もうちょっとこっち。そう、そのままゆっくり腰落として」

言われるまま腰を浮かせて柊に近づくと、彼の望むようにそっと腰を落としていく。彼の硬化したものがあずさの敏感な部分に当たっただけで、ゾクゾクとした感覚が身体の中を走り抜けた。

　柊の硬さを感じながらゆっくり腰を落としていくと、お腹の奥に彼の質量の分だけの圧迫を受ける。その圧迫感は次第に強くなっていき、その苦しさに小さな吐息が漏れる。圧迫を感じているのはあずさだけではないようで、慎重に腰を落としていくと柊の表情も少しずつ歪《ゆが》んでいく。小さな呻《うめ》き声を漏らしながら抑えるように息を吐き、興奮したように、あずさの顔を包み込んで勢いよく唇を塞いだ。

「……んんっ」

「あずささん……ヤバイ。気持ちいい……」

　そう言った柊が、これ以上我慢できないというように大きく腰を動かした。

「……あぁあ！」

　身体に受けた重い衝撃とともに繋がりが深くなり、お腹の中を埋め尽くすような圧迫感に思わず涙が滲《にじ》んだ。身体のすべての感覚が、自分の中の柊の存在に集中しているのが分かる。苦しくて切ないくらいなのに、身体の中に確かに感じる彼の存在が愛おしくて、これまで感じたことがないような幸せな気持ちが湧き上がってくる。

　このなんともいえない感覚をどう表現したらいいのか分からないけれど、このままずっと離れたくないと思うくらい身体が彼を感じた。

「柊く……っ、どうしよう？　気持ちよ過ぎて頭真っ白になりそう」

「俺もっ、っ！　腰……止まんないや」

柊が激しく腰を動かしてあずさを突き上げるたびに、バカみたいに淫らな声を上げている自分が恥ずかしくてしかたがないのに、それに構っている余裕なんてなくて、ただ彼の熱を受け止めるだけで精一杯だった。

「あずささん、このまま後ろに倒れて。もっと深いとこまで突きたい」

「待って……やだ。離れたくない」

「分かってる、俺も離れたくない」

柊が器用に体勢を変えてあずさをベッドの上に仰向けに横たえると、浅く繋がった状態から勢いをつけてあずさの身体の最奥までを一気に貫いた。激しい快感に、身体が震える。

「あずささんの中が、俺のことぎゅうぎゅう締め付けてくる」

身体が柊を放そうとしないのは、いまこの瞬間だけがこうしていられる時間で、朝になれば彼がまた自分のまえからいなくなってしまうと知っているからだ。

「離れたくない……」

「うん。身体全部でそう言われてるみたいな気がする」

柊が表情を緩めて、あずさの額に唇を付けた。ずっと欲しかった確かな温もり。与えられる彼の温もりが夢じゃないんだと実感するだけでまた涙が溢れそうになる。

「会いたかった……ずっとずっと会いたくて、柊くんのことばっかり考えてた」

「……俺も。ずっとあずささんに会いたくて堪らなかったよ」

「諦めなくてよかった……」

「俺も、会いに来てよかった。ずっと不安だった。あんな別れ方して……あずささんの傍にはいつも最上さんいたし。俺がいない間にあの人に取られちゃうって思ったらすごく焦って……」

私たちは、結局自分の気持ちに鈍感だった――。

一緒に住んでいる頃からお互いに好意があったのに、それが恋だと気付いていなかった。少し遠回りをしてしまったけれど、この気持ちに気付けてよかった。

「俺、頑張るよ。早く一人前になれるように。まずは、親父に認められるようにならないと」

「……うん」

「少しだけ、待っててくれる？」

柊が遠慮がちに訊ねたのは、自身の若さや未熟さをちゃんと分かっているからだ。

一人前の男として成長したいという気持ちも、そのためには彼の立場的にも今はまだ一緒にいられないのだという現実も理解できる。

「待ってるもなにも。私が柊くんじゃないと嫌なんだもん……だから、好きなだけ頑張ってきたらいい。私もいままで以上に仕事頑張るから、どっちがより成長できるか競争ね」

あずさの言葉に、柊が嬉しそうに笑った。

「気持ちが繋がってるって思えば……もう怖くないから」

突然あずさの目の前から消えた時とは違う。

急に彼を失って、そうなって初めて気持ちを自覚して……でも、会えなくて、彼の気持ちも見えなくて不安で不安で堪らなかった今日までとは違う。

もしかしたらたまには不安になるかもしれない。でも、お互いがお互いを想う確かな気持ちさえあれば、これまでよりずっと強くなれる気がする。

「じゃあ。その気持ち……もっと確かめていい？」

繋がりあったままの身体と身体。この瞬間、他の誰も入り込めない一番深いところで触れ合っている。

「うん。好きなだけ確かめて……朝までずっと離さないで」

一瞬たりとも手放して欲しくないなんて、我儘《わがまま》なのは分かっている。それでも口に出さずにはいられない。好きな人が触れられる距離にいる——それがどれほど幸せで恵まれたことか、あずさはいま実感している。

「今夜は、あずささんの全部を俺にちょうだい。心も身体も……なにもかも」

熱っぽい声で言った柊が、あずさの頬を両手で包み込んでそのままキスをした。

「動いていい？」

「うん……動いてほしい」

繋がったまま柊が大きく腰を動かす。ゆっくり引いて、またゆっくり押し戻す。柊の硬さとあずさの膣《ちつ》の柔さが擦れ合うたびに快感が高まっていく。

「……あっ、あ、ああ……」

「気持ちよさそうな声」

そう言う柊の声が耳元で甘く響く。かかる息にゾクゾクして、身体の奥が反応する。

「もしかして、耳元で囁かれるのも好き？　いま、中がぎゅってした」

「好き……。もっと、して」

「もっと？　囁くの？　それともこうやって突き上げるの？」

「……どっちもっ、して欲しい……っ、ぁあん」

自分でも驚いてしまうほど欲求がそのまま言葉になる。恥ずかしいという感情がなくなったわけではないが、その恥ずかしさを上回るほど柊が欲しい。彼を全身で感じたい。

「そんなに可愛いこと言うと、俺、本当に止まらなくなっちゃうよ」

「いいの。柊くんの全部で求めてほしい」

あずさが柊を欲しくて堪らないように、柊にも全力であずさを求めてほしい。言葉で伝えるのが難しいのなら、態度で、身体で、その全身を使って示してほしい。

「もっと、激しく抱いて。柊くんにめちゃくちゃにされたい……」

その言葉に、柊のものがあずさの中でまた質量を増した。

「……大きくなってる」

「そっちが煽るからでしょ」

少し照れくさそうに顔を歪めた柊が、ゆっくりと腰を引いたかと思うと勢いよくあずさの奥を貫いた。その激しい振動が奥まで届く。身体を激しく揺さぶられて、頭の中まで真っ白になって、何も考えられない。

繋がったところが異様なほど熱くて、身体が燃えるように熱を持つ。息をするのがやっとで、気持ちいいということ以外考えられない。

ただ、欲しくて。ひたすらに求めて、求められる。快楽だけじゃなく、そこに熱い気持ちが伴うセックスがこれほどのものだなんて知らなかった。

「あずささん……好きだよ」

「私もっ、すきっ、んんっ……」

「あずささんの中……気持ち良過ぎて腰止まんな……っ」

「やめ……ないでっ、もっと……」

息が乱れて呼吸さえ苦しい。でもやめてほしくなくて、必死に柊の身体にしがみつくと、柊がいよいよ限界だというように激しく腰を打ち付けた。

静かな部屋に、互いの荒れた息遣いと厭《いや》らしく肉の擦れるような音が響く。

「はぁ……あ、あ……も、ダメ……」

ひとつになっている。柊とひとつに。その喜びと与えられる快感に身体が震える。

一番奥を突かれて何かがはじけるような感覚に陥った。それと同時に柊のものがあずさの中で大きく脈を打った。

そうして何度か果てたのち、抱き合うことに疲れてうとうとして、少し眠って目覚めたときに隣に柊がいることに幸せを感じた。そっと寄り添って目を閉じると、いつの間にか

目覚めた柊があずさを抱き寄せて、そこからまたキスをしてセックスをしてまた眠って——。

長いようで短い濃厚な一夜を過ごして、ふと気付いたときには空が白み始めていた。

「もう、行かないと……」

柊がゆっくりと身体を起こした。離れがたくてどちらからともなく唇を寄せた。

「あずささん。本当に離れてて平気？」

「……うん。少し寂しいけど、大丈夫」

そう答えると、柊があずさを離したくないというように強く抱きしめた。

「正直、心配だなぁ。あずささん、モテるから。俺がそばにいない間に、他の男に触れたりしないでね」

不安そうな顔で、いらぬ心配をしている柊に小さく吹き出した。

「なに言ってるの。そんなことあるわけないでしょ」

「じゃあ、虫よけの印残してっていい？」

「虫よけ？」

「そう。身近にいる最上さんみたいな男に、二度と変なちょっかい掛けられないように」

そう言った柊が布団をめくって裸のままのあずさの胸の白く柔らかな部分に唇を付けると、そこを少し痛いくらいに強く吸い上げた。

「こうしとけば、他の男が手出せないでしょ」

「もう……！　心配しなくても、そんなことあり得ないから」

「あり得なくない。あずささん、無自覚過ぎるんだよ」

少しむくれたように頰を膨らませた柊を可愛いと思った。獣みたいに激しくあずさを求めて来た彼とは別人みたいで、そのギャップに思わず笑いが漏れた。

「また子供みたいだって思ってる？」

「思ってない。確かにそういう印って、誰かのモノって感じで嬉しい」

あずさが笑うと、柊がますますむくれたように唇を尖らせた。

「〝誰か〟じゃなくて〝俺の〟だからね」

むき出しの独占欲に絆《ほだ》される。そんな所有印なんてなくても、とっくに心ごと彼のものだってことは、どうしたら伝わるのだろう。

「……いっぱい残して」

あずさの言葉に柊がなんともいえない表情を浮かべてから、嬉しそうに笑った。

このあと会えない日が続いたとしても、身体に残った痕が信じる力になる。思いきり愛された記憶が、きっと勇気をくれる。

柊があずさの白い肌に無数のキスを落とす。胸に腹に、太腿《ふともも》に。首に背中に、秘部に。

「……ああっ、ふぅ、ん」

キスをされているだけなのに、ただそれだけで気持ちよくて身体が小さく震える。柊が戻らなければいけない時間が迫っているのに、やめてと言えない。

「そんな気持ちよさそうな声出されたら、また襲いたくなるでしょ」

「……ごめ、っ」

「謝らないでよ。あと、ちょっとだけこうしてたい。あとちょっとだけ――」

そうして時間の許す限り二人の時間を過ごし、身支度を整えた柊は、名残惜しそうにしながらも覚悟を決めたように始発電車に乗って帰って行った。

柊が再びいなくなった部屋に静寂が戻る。それでも、今度は不安にはならなかった。気持ちを受け取ってもらえた。好きだと言ってもらえた。その言葉だけでまえより少しだけ強くなれる。

ベッドにはまだ彼の匂いと温もりが残っている。あずさはまだ彼に身体を包まれているような感覚を味わいながら静かに目を閉じた。

離れていても、大丈夫。今度はきっと――。

＊　＊　＊

そうして寒かった冬が終わり、桜の時期を過ぎて、いつの間にか新緑の季節を迎えていた。木々の隙間から降り注ぐ日差しは眩《まぶ》しく、今日も暑くなりそうな予感がすると、あずさは少しだけシャツの袖をまくった。

出勤時間が迫っていて腕時計で時間を確認しながら少し意識して歩調を速めた。

職場のエントランスを抜けたところで同僚数人と顔を合わせて挨拶をしていると、後ろから「滝川、おはよ」と声を掛けられた。振り返った先にいたのは最上と白石だ。

「ああ、おはよう。二人一緒だったの？」

「ちょうど駅の改札のとこで会ったんだよ」

「滝川、聞いたよ。インナーバッグの売れ行き、かなり好調らしいじゃない？」

「うん、おかげさまで。ていうか、白石たち広報のみんながＰＲ頑張ってくれたからだよ。販促ポスターもカッコイイって評判だもん」

あずさがちらとフロアの中央に掲げられたポスターを見上げながら言うと、白石がそれを受けるように「まぁねー！」とドヤ顔で返事をした。

「確かに、カッコイイな。この間テレビで紹介してもらったのもよかったよな」

「うん！　あれは、本当にラッキーだった」

元々発売当初の滑り出しも悪くなかったのだが、つい最近、朝の情報番組の売れ筋商品というコーナーで、有名文房具店の店員に紹介されたことから人気に火が付き、いまではどこの売り場でも品薄状態となっている。

「最上は？　新商品のほうはどうなのよ？」

「やっと試作品段階。リニューアルと違ってまだ時間かかるけど、少しずつ形になってくのはやっぱワクワクするよな」

「分かる！　自分の頭の中で思い描いてたものが形になってくなんて、ね!?」

最上とは、完全に元の同僚同士という関係に戻っていた。

あずさを気遣い、何事もなかったように振る舞ってくれている最上のおかげである。

「あんたたち、そういうとこホント相変わらずなのねぇ……」

「どういうとこよ？」

「どっちも仕事バカなとこ！」

呆《あき》れ顔の白石に言われて、あずさは最上と顔を見合わせた。

エレベーターで二階フロアに向かうと、あずさはエレベーターを降りた所で部署の違う白石に手を振った。

「あ、そうだ最上！　明日、時間八時に決まったから。遅れないでよ？」

「分かってるって」

白石が振り返って再び最上に声を掛け、最上がそれに答えるやり取りを見ながら訊ねた。

「明日、なにかあるの？」

「飲み会。なんか知らねぇけど、無理矢理誘われた。白石と付き合いある広告代理店の人とか……結構人数来るらしくてさ。まぁ、人脈づくりも兼ねて……」

「そうなんだ？　白石、顔広いもんね」

「仕事の人脈も大事だけど、ついでに出会いのきっかけになればと思ってさ」

あずさ自身も白石に誘われて集まりに参加したことがあるが、仕事関係の人脈を広げるという点においても出会いにおいても悪くない場だと思う。最上が恋愛に関しても前向きになっていることが窺《うかが》えて嬉しくなった。

あずさが最上を好きだった頃は彼のほうに事情があり、彼が好意を寄せてくれた頃にはあずさの気持ちが変化していた。お互い気持ちがあったのに結果的にその恋が実ることはなかったが、最上はやはりかけがえのない友人だ。どんな形であれ、幸せになって欲しい。

「いいんじゃない？　最上が本気になったら、きっかけなんていくらでもあるよ」

「ははは。だといいけどな」

「最上は、誰がどう見たってイイ男だから！　――って、私に言われるの複雑か」

「確かに複雑だな。でも、まぁ、他の誰の言葉より信用できるよ。おかげさまで身体も元に戻ったし、ぼちぼち頑張るわ」

そう言って笑った最上の言葉に、嘘はないように見えた。

柊があずさに会いに来てくれたあの夜から、一度も彼に会っていない。

週末にＳＮＳのメッセージでやり取りをしたり、電話で話をしたりする程度だ。電車で一時間ちょっとの距離なのに、この数カ月間まるで遠距離恋愛をしているようだった。

会おうと思えば会えない距離ではないが、柊があずさに会おうとしなかったのは、彼なりの決意の表れだと思う。

若くして自分がＭＧビルサービスの跡取りであり、ゆくゆくは会社を背負っていく立場であることも自覚していて、そのために自分が何をするべきか――そこに迷いはないようだった。

『あずささんは？　仕事どうなの？』

週末の夜は、柊と電話で話すことが当たり前になった。会えなくても、声を聞けるだけで嬉しさが湧き上がる。

「うん、順調だよ。手掛けてた商品が発売後売り上げ伸ばしてて、もしかしたら社内表彰してもらえるかもって話も出てるの」

『社内表彰？　すごいな、あずささん。あのインナーバッグだよね』

「ああ、うん。そういえば、柊くんにカラーの相談にのってもらったことあったよね」

男性向けカラーが欲しいと言う要望に、柊に意見を聞いたのもいい思い出だ。

『今月いっぱいちょっと忙しいから、来月二人でお祝いしよう』

電話越しの柊の言葉に、あずさははっとした。

「――え？　会えるの？」

『うん。俺も、少しずつだけど親父の仕事の一部任せてもらえるようになってるんだ。もちろん、まだまだなのは分かってるけど、やれることも増えてきて――やっと自分が思ってたスタートラインに立てたって気がするから、改めて会いに行こうって思ってたとこなんだ』

「嬉しい――！」

いつか会えると自分に言い聞かせてこの数カ月をやり過ごしてきたが、実際会えるとなると喜びもひとしおだ。

＊　＊　＊

「せっかくのお祝いなのに、お家デートなんて勿体《もったい》なくない？　俺、あずささん好きそうなお店、いろいろ調べてたのに。ここ半年は仕事づくめで遊ぶ時間もなかったから結構お金もたまったし、ちょっと大人な贅沢《ぜいたく》デートしようと思ってたのにな」

柊の仕事が少し落ち着いて、いよいよ会えることになったとある週末の夜。少し不満げにあずさに抗議をする柊と彼の自宅のキッチンに立っている。

「お祝いなんでもいいって言ったの柊くんじゃない。私のしたいこと叶《かな》えてくれるって」

柊はいま、実家を出て、本社から少し離れた場所で一人暮らしをしている。

柊自身は学生の頃から親や会社の看板から離れて自立した生活がしたかったのだが、両親がそれを反対して家から出ることが難しかったらしい。対して、柊の自立に賛成だった祖父の口添えでなんとか家を出ることに成功し、友人と生活していたところへあの火事に遭った。

あのとき実家に頼ってしまえば、また家を出ることが難しくなると考えた柊は、なんとかして家に帰らなくてすむようあずさの部屋に転がり込んだのだそうだ。

結局、柊の祖父が亡くなった件で実家に帰らざるを得ない状況になってしまったのだが、依然柊の自立への意思は固く、仕事面で両親の信頼を勝ち取り、なんとか一人暮らしの許しを得たらしい。

「それにね。柊くんの部屋、一度来てみたかったの」

会えると分かったときに、柊の部屋に行きたいと強請ったのもあずさだ。

「まぁ、いずれ部屋に招待することは俺も考えてたけど。俺の手料理なんていつも食べてたし新鮮味ないのに」

「新鮮味とか、そういうことじゃないんだって。私が、どうしても柊くんの作ったお料理食べたかったの」

社内表彰が決まって、そのお祝いにあずさがリクエストしたのは彼の作る手料理だった。一緒に暮らしていた頃みたいに、二人でのんびりと懐かしい時間を過ごしたい。それが、あずさが一番に望んだことだった。

キッチンに立ち、あずさがリクエストした料理を作る柊は、出会った頃より随分と大人びていた。元々綺麗な顔立ちをしていたが、あずさから見て人懐っこく可愛らしい男の子という印象だった彼の表情は、いつの間にか精悍《せいかん》な男の顔つきに変わっていた。

新しい仕事を覚え、経験を積んでいくうちに成長して自信を付けたのか、より落ち着いた雰囲気を纏い、どこからどうみても大人の男だ。

あずさがそんな柊に見惚れていると、その視線に気付いた柊がこちらを見た。

「ん？　どうかした？」

「……なんか、雰囲気変わったなぁって。会わないうちに大人っぽくなった」

「そうかな？　俺的には、髪が伸びたくらいで全然実感ないけど」

そうしている間に食事の用意ができ、揃《そろ》って夕食を楽しんだ。料理が好きだというだけあって彼の定番メニューには思いもよらない食材が使われている。それはあずさを驚かせ、新鮮で優しくお腹を満たす。

「はー、おいしかった！　やっぱり柊くんのお料理最高！」

「俺の……って。半分はあずささんが手伝ってくれたじゃん」

「だって、楽しいもん。もともとすごく料理好きってわけじゃないから、一人だとあんまりやる気が起きないけど、柊くんと作るのはすごく楽しい」

彼の手際がいいのもあるが、二人でキッチンに立つことも多かったせいか、ぴったりと息が合うのも作業をしていて気持ちいい。それは後片付けにおいても同じだ。

あずさが食器を洗い、横で柊がその食器を水ですすぐ。こういう何気ない作業の呼吸が合うのも、彼と一緒にいて心地いい理由だ。

「あ、そうだ！　俺、あずささんに渡したいものあったんだ」

柊が思い出したように手を打って、見慣れたリュックの中から小さな箱を取り出して戻って来た。

「プレゼント。開けてみてよ」

そう言った柊が、小箱をキッチンのカウンターの上に置いた。どうぞ、と手で促され、あずさはそっと箱に手を伸ばした。

リボンと包装紙を剝がして箱を開けると、中には小さな石の付いたピアスが収まっていた。

「わ……可愛い！　本当にいいの？」

「俺があずささんに贈りたかったんだよ。お祝いと虫よけ兼ねて。ホントは指輪とかプレゼントしたかったんだけど、好みとかサイズ分からなかったし……ピアスならもうちょっと気軽につけてもらえるかなって。なかなか会えるわけじゃないし、どうしても身につけられるもの俺が持ってて欲しくて」

「ありがとう……！　すごく嬉しい」

「ごめんね。いつまでもガキっぽくて」

虫よけとしての必要性は感じないが、柊からもらったものを身につけられるというのはあずさにとってても嬉しいことだ。

「つけてみたいな」

「あ、じゃあ。俺がしていい？」

「……いいよ。今日ちょうどピアスしてないし」

柊が箱からピアスを取り出してあずさを見つめた。そっと片手で耳に触れ、彼がゆっくりと小さな穴にピアスを通す。感覚が敏感になり、針が通る瞬間、ピクっと身体が震えた。

「なんだろ……すごい興奮する。これ」

「……え？」

「俺の贈ったものが、あずささんの身体の一部貫通してるんだなって思ったら……セックスみたいだなって」

「な、なに言ってんの……」

「ほら、こっちも」

柊が今度は反対の耳に手を添えて、そちらにも同じようにそっとピアスを差し込んだ。

彼が直前に妙なことを言ったために、あずさも変に意識して余計に感覚が敏感になってしまった。まるで身体の奥を柊に突かれているような感覚がフラッシュバックした。

「なんて顔してるの、あずささん」

「し、柊くんが変なこと言うから……。ていうか、柊くんだって！」

自分がどんな顔をしているかなんとなく想像がついてはいたが、柊のあずさを見つめるその視線も相当なものだった。

「想像したら……いますぐ抱きたくなっちゃった。ダメ？」

「ダメ……じゃない」

つけてもらったばかりのピアスに触れながら答えると、すぐさま彼の甘いキスが瞼《まぶた》に降ってきた。そのまま抱き上げられて寝室のベッドに移動すると、柊があずさを横たえて少しだけ微妙な顔で微笑んだ。

「本当はめちゃくちゃゴージャスなホテルとかで、あずささんと大人デートしようと思ってたのにな」

「あはは、またそれ？　……なんで、今日はそこにこだわるの？」

「こだわってるわけじゃないけど。俺だって少しは大人になったんだってとこ見せたくて」

「十分、大人だよ。一緒に住んでるとき、どれだけ柊くんの包容力に救われたと思ってるの」

　いつだって傍で笑ってくれて、つらい時も寄り添ってくれていた。こんな心地よい優しさと温かさをくれる彼に惹かれないわけがない。

「いまだって——我儘きいてもらってるし。これ以上ないってくらい心は満たされてる」

　離れていても、気持ちを伝えてくれる。好きな人に好きだと言ってもらえる、会うことが出来る。それだけで幸せだ。

「じゃあ、心だけじゃなくて身体も満たしていい？」

　そう言った柊が、仰向けになったあずさを挟み込むようにベッドに両手をついた。

「うん……たっぷりね」

「この先一生、あずささんを俺の愛で満たしたいな」

「あはは。まるでプロポーズみたいね」

　あずさが茶化しながら笑うと、柊が真剣な顔であずさを見下ろした。

「そのつもりなんだけど。三十路のあずささんに好きだって言ってる時点で、それくらい考えてるよ」

「――え？」

「言ったじゃん。本気だって」

確かに言われた気はするが、気持ちが真剣だというだけで、若い柊がまさかそこまでのことを考えているなんて思いもしなかった。

「俺、まだこんなだし、今すぐってわけにはいかないけど。ちゃんと考えてるから、あずささんとの将来のこと。まだ認めてもらってないけど、家族にもあずささんのことは話してある」

「ええっ、ご家族に……⁉」

あずさは思わず声を上げた。

彼は一体どんなふうにあずさとのことを話しているのだろうか。七つも歳が離れた年上の恋人。若くて将来大きな会社の跡継ぎとなる柊に比べ、どこまでも平凡な自分。ただでさえ気後れするのに、あれこれ考えただけで変な汗が出てくる。

「大好きだよ、あずささん。余計なこと考えないで、俺を信じてて。お願い」

そう言って笑う柊の幸せそうな笑顔に胸が熱くなる。

ああ、そうだ。余計なことをあれこれ考えたって仕方がない。あずさにとって、柊は他の誰にも代えがたい大切な人で、傍を離れるつもりはないのだから。

この先、何が起ころうと彼の隣を歩こうと決めた。その気持ちがすべてなのだ――。

「私も、柊くんが大好き――ずっと傍にいてほしい」

その言葉に嬉しそうに笑った柊が、あずさに覆いかぶさった。額に、頬に、唇に、彼の唇が降って来る。あずさはその優しいキスを受けとめながら、柊の服に手を掛けた。

「脱がしてくれるの？　積極的だなぁ」

「だって。待ちきれない」

早く触れたい、触れられたい。身体を覆う薄っぺらな布さえ邪魔で、早く取り去って生身の身体に触れたい。あずさが彼の服を脱がせようとする動きに合わせて、柊が身体を動かした。彼が下着一枚だけになると、今度は柊があずさの服に手を掛けて器用にすべてを剝ぎ取ってしまった。

柊の手が迷いなくあずさの下肢に手を伸ばし、性急に敏感な部分を探る。

「ここ、もうとろとろだ。さっきピアス入れた時に感じちゃった？」

「……だって、柊くんがセックスみたいなんて言うから」

「想像したの？　俺のが入ってるとこ」

「し……た」

あずさが正直に答えると、柊が照れくさそうに顔を歪めた。

「俺も想像した。あずささんの身体押し広げて奥まで入ってくとこ」

「……やらしい」

「どっちが」

そう言って顔を見合わせて笑ったあと、柊がそっとあずさのピアスに触れた。

「これってさ、これからずっと俺たち繋がってるってことだね。ある意味、指輪よりずっと執着強いな」

「うん、確かに。でも、嬉しいよ」

言葉だけ聞くと一瞬ぞっとしなくもないけれど、こんな独占欲も悪くない。

「ねぇ、俺のこともあずささんの中に入れてよ……早く繋がりたくて限界」

柊の甘い囁きに、あずさの身体が小さく震える。

「うん。来て。一番深くて熱いとこまで――」

大きく息を吸い込んで、柊の熱をゆっくりと受け入れる。

ほんの少し苦しくて、ほんの少し切なくて――それでいてとても幸せ。真っ直ぐにあずさを見つめるその表情も、温かな手も、名前を呼ぶ声もすべてが愛おしい。

あの夜、柊を見つけて連れ帰っていなければ、いまこうして抱き合っている未来もなかった。過去の恋が報われなかったのは、きっといまのこの幸せを掴むためだったのかもしれない。

ひとしきり抱き合って、まだ熱の冷めきっていない身体を柊に包まれながら幸せに浸る。ふいに強烈な眠気があずさを襲う。

「私も……頑張るから」

「ん？」

「もっともっと自分磨いて、いつか柊くんの家族に紹介してもらうとき、あなたに相応しい女性だって認めてもらえるよう……に」

眠気に耐えられなくなってあずさが目を閉じると、「そういうとこも大好きだよ」という柊のとびきり甘い声が耳元で響き、頰にそっと温かな唇が押し当てられた。

番外編　秘密のミッション

彼女の頬からそっと唇を離すと同時に規則正しい寝息が聞こえてきて、俺は彼女の寝顔を見つめながら思わず笑ってしまった。

「寝るの早っ。相変わらず無防備な寝顔だなぁ……かわいいけど」

あずさは寝つきがよく、眠りも深いため、一度眠ってしまえば滅多なことでは目を覚ましたりしない。まだ俺が彼女の部屋に転がり込んで間もない頃、よくリビングで寝落ちしているのを見掛けて何度かベッドまで運んだことがある。

当時はまだただの同居人だったが、年頃の男を部屋に住まわせているのに無防備過ぎやしないかと心配になったくらいだが、そんな下世話なことなんてまるで頭にない様子で、やりたい仕事に夢中なり、夜遅くまで努力を惜しまず頑張っている彼女の姿がとても眩《まぶ》しく見えた。

隣で静かな寝息を立てて眠っているあずさの頬に掛かった髪をそっと指でよけると、彼女の耳にさっき自分が贈ったピアスがきらりと光っている。

「ん……」

あずさがこちらに寝返りを打った。

掛け布団を脇に挟み込むようにして気持ちよさそうに眠る彼女の寝顔を見ているだけで、幸せな気持ちが湧き上がる。安心しきった寝顔が愛おしい。

その時、窓の外から小さな雨音が聞こえた。朝の天気予報で未明から雨になると言っていた。次第に強くなっていく雨の音を聞きながら、オフィスで彼女に拾われたのはちょうどこんな激しい雨の降る夜だったことを思い出していた。

あれから一年、まさか自分が彼女に恋をするなんてあの時は想像もしていなかった。

「優しいのはあずささんのいいところだけど……よく考えたら、ほんと危なっかしい人だよなぁ」

彼女がもしも、何らかの理由で自分ではない他の誰かを拾ってしまっていたら——？

いま、彼女の隣にいるのは自分ではなかったかもしれないし、あのオフィスでたまに顔を合わせるただの顔見知りのままだったかもしれない……なんてことを考えただけでぞっとする。

行くあてもなく、ずぶ濡《ぬ》れで心細くて堪らなかったあの時、通り掛かったのは彼女だけではなかったのに、誰もが俺を見て見ぬふりをして通り過ぎて行った。

「どうしたの？」とたったひとこと声を掛けてもらえただけでも十分に救われた気がしたのに、家に連れ帰ってくれて、温かいお風呂と着替えと寝床を提供してもらえて、俺がどんなにほっとしたか——。

優しくて感じのいい年上美人というだけで魅力的なのに、性格はどちらかといえば男前。明るく気さくで、どこまでも面倒見がいい。とにかく一緒にいる時間が心地よく、こんな女性に出会ったのは初めてだったし、いつだって仕事に全力投球な彼女の姿はとてもキラキラして見えた。

「いつの間にか、惹《ひ》かれてたんだよなぁ……」

そう小さく呟《つぶや》いて布団から出たあずさの手をそっと弄んでみたが、彼女はもちろん起きる気配はない。

しばらくあずさの指を撫《な》でながら、今回はピアスを贈るにとどまったが、いつかこの薬指に――なんてことを考えているうちに、あることを思いついた俺は、彼女を起こさないようそっとベッドから抜け出した。

引き戸で仕切られたリビングへ向かい、筆記具などがまとめて入れてあるチェストの引き出しを開け、中をごそごそと探ってみるが、目当てのものは見つからない。

「……なにかなかったかな」

そう呟いてリビングをぐるりと見渡したとき、ソファの上にプレゼントを包んでいた包装紙とリボンを見つけた。

リボンだけを手に寝室に戻った俺は、再びベッドに入ると眠った彼女の左手の薬指にそのリボンを蝶々《ちょうちょう》結びにし、結び目が解けないようにそっと指からリボンを抜き取った。

「細い指……」

結び目の輪を眺めて、小さく笑う。

——絶対似合うだろうな、あの指輪。

実はプレゼントを買いにジュエリーショップに行ったとき、店内で目を付けた指輪があった。デザインはとても可愛らしく、きっとあずさに似合うだろうと思ったのだが、指のサイズが皆目見当もつかないというのが致命的だった。

——次こそ、びしっと決めるから！

そう心の中で呟いて、俺はリボンを大事にベッドサイドの小さな引き出しにしまった。


それから月日が流れ、冷え込みの厳しい十二月のある朝。

「えええええーっ！」

寝室から起き抜けの彼女の第一声が聞こえ、俺はキッチンでコーヒーを淹《い》れながらにやりと口元を緩ませた。バタバタとした足音とともに引き戸が開かれ、勢いよくこちらにやってきたあずさが俺に左手を広げて見せた。

「ちょっ、柊くん！　こっ、こっ、こっ、これっなに⁉」

「なにって見ての通り、指輪。お誕生日おめでとう、あずささん」

「あ、ありがとう……？　って違う、そうじゃなくって！　こんな……」

「ははは。びっくりした？」

あずさが薬指にはめられた指輪を見ながら頭がもげそうになるくらい何度も何度も頷《うなず》い

たのは、きっと本当に驚いてくれているからだろう。

「ねぇ、その指輪の感想は？　もちろん、意味分かってるよね？　嬉《うれ》しくない？」

「嬉しいに決まってる！」

「じゃあ、結婚して」

俺の言葉にあずさがゆっくりと瞬きをしたあと、大きく目を見開いて固まった。

「――はい⁉」

こんなふうに驚くだろうな、というのはまさに想定内だった。

以前渡せなかった指輪を、彼女の誕生日に贈ろうと決めていた。

本当はもっとお洒落《しゃれ》な場所で、彼女の目の前に跪《ひざまず》いて指輪の小箱をパカッとしたほうがカッコいいのだろうと思うが、あずさはそういったことを恥ずかしがるだろうし、大事なことを伝えるのはやっぱり誰の邪魔も入らない二人きりのときがいい。

彼女が寝ている間にこっそり――というタイミングを選んだのは、思いがけないシチュエーションのほうが印象に残るだろうと思ったからだ。

彼女が将来、二人の子供に「パパのプロポーズったらひどいのよ」なんて笑いながら、今日のことを話す姿までありありと想像できる。

「違う違う、あずささん！　『はい⁉』じゃなくて、返事は『はい』で。もう一回やり直しね」

そう言って俺は、改めて深く呼吸をして仕切り直す。照れくさくて堪らないけれど、ここだけは自身のプライドに懸けてビシッと決めなければならない。

「俺と、結婚してください」

今度は贈った指輪が光る左手を取って、彼女の目を見つめて言った。

「――喜んで！」

勢いよく返事をして首に飛びついて来た彼女を受け止めながら、俺は小さく笑う。

見た目は随分と大人っぽい彼女だが、俺と二人きりのときはとても無邪気でかわいらしく、甘えたなところも堪らなく魅力的だ。

「ねぇ……その返事。居酒屋じゃないんだからさ……」

俺の言葉に、彼女もその意味を理解してつられるように「あ、確かに」と吹き出した。

「じゃあ、もう一回やり直す。謹んでお受けいたします。言っておくけど、二度と返品きかないから、ずっと離さないでね」

「もちろん！　一生、離さないよ」

彼女の身体の重みと温かさを感じながら、この上ない幸せを感じる。

こんなふうにずっと彼女と笑っていられたらいい。この先もずっとずっと二人で――。

あとがき

　このたびは「拾ったワンコは年下男子　世話焼き同居人は意外に肉食!?」をお手に取っていただきありがとうございます。

　こちらは二〇二一年六月にパブリッシングリンクさまから発売していただいた作品に書き下ろし番外編を加えたもので、蜜夢文庫さんから作品を発売していただくのは三作目となります。

　デビューして四年経ちますが、自分の好きな恋のお話を楽しく書かせてもらえるだけでありがたく幸せなことだと思っているので、書籍化のお話をいただくたびに舞い上がるような気持ちでいます。本当にありがとうございます……！

　今回のお話は二人の魅力的な男性の間で揺れる女心をテーマにしました。

　まず、ヒーローは可愛い系だけど実は肉食な年下男子がいい！　もう一人はヒロインと近しき間柄の同僚男子にしよう！　と二人の男性像はすぐに固まりました。

　私は昔から二番手の男性に弱く、大好きな恋愛漫画でもドラマでもヒーローよりもヒロインとの恋が報われない系男性にギュンと心を掴まれてしまう性癖（？）を持ち合わせていまして（笑）。

例えていえば、クラスでは華やかで目立つ男子の周りにいる硬派な男子に目が行き、戦隊ものでいえばレッドより断然ブルー派！　J系アイドルでいえば、推しメンカラーはセンターの赤ではなく、紫や緑！　みたいな（笑）。え？　余計に分かりづらい？

ヒロインが二人の男性の間で揺れるなら、彼らを比較したときに、ヒーローが圧勝するのではなく、二番手も素敵で捨てがたい！　と読者さまに思って頂けるよう書きたいと考えていました。

可愛らしさと時折見せる雄みとのギャップが魅力的な家事万能な年下男子の柊と、付き合いも長く気心の知れた、何事にもスマートで頼りになる同世代の同僚の最上。

この作品をお手に取ってくださった読者さまにもヒロインと、異なる魅力をもつ二人の男性とのエピソードのどこかで、きゅんとしていただけたら嬉しく思います。

あずさは柊を選びましたが、みなさんだったらどちらの男性を選ぶのでしょうか？

読者さまの好みにもよると思いますが、今回はなんといっても揺れる女心がテーマなので、柊か最上にほんの少しでも悩んでもらえたら嬉しいです。

書き下ろしの番外編は本編直後のお話です。

ヒーローの柊が感情表現ストレートなワンコ系男子なので、ここぞとばかりに年下男子の可愛さに振り切ったお話を書かせていただきました。

今作品の素敵な表紙イラストと挿絵は、前作「添い寝契約」でも大変お世話になりましたSHABON先生に手掛けていただきました。再びSHABON先生に手掛けていただけると聞いて、嬉しさのあまり思わず飛び上がったのを覚えています。

華やかで可愛らしさ溢れるカラー表紙と、各シーンを引き立ててくださってる豪華な挿絵の数々をお話と一緒に楽しんでいただければと思います。

最後になりますが、この作品を出版していただくにあたりご尽力いただきましたすべてのみなさまのお力添えに深く感謝しています。

そして、この作品をお手に取ってくださったあなた様。

ここまでお読みくださり、本当にありがとうございました。ほんの少しでもこの作品を楽しんでいただけたとしたら嬉しく思います。

涼暮つき

本書は、電子書籍レーベル「らぶドロップス」より発売された電子書籍『拾ったワンコは躾のいい年下男子　世話焼き同居人は独占欲強めです』を元に、加筆・修正したものです。

★著者・イラストレーターへのファンレターやプレゼントにつきまして★
著者・イラストレーターへのファンレターやプレゼントは、下記の住所にお送りください。いただいたお手紙やプレゼントは、できるだけ早く著作者にお送りしておりますが、状況によって時間が掛かる場合があります。生ものや賞味期限の短い食べ物をご送付いただきますと著者様にお届けできない場合がございますので、何卒ご理解ください。
送り先
〒160-0004　東京都新宿区四谷 3-14-1　UUR 四谷三丁目ビル２階
(株) パブリッシングリンク
蜜夢文庫 編集部
○○（著者・イラストレーターのお名前）様

拾ったワンコは躾のいい年下男子
世話焼き同居人は意外に肉食!?

２０２２年１月２８日　初版第一刷発行

著…………………………………………………… 涼暮つき
画…………………………………………………… ＳＨＡＢＯＮ
編集……………………………… 株式会社パブリッシングリンク
ブックデザイン…………………………………… おおの蛍
（ムシカゴグラフィクス）
本文ＤＴＰ……………………………………… ＩＤＲ

発行人……………………………………………… 後藤明信
発行………………………………………… 株式会社竹書房
〒 102-0075　東京都千代田区三番町８－１
三番町東急ビル６Ｆ
email：info@takeshobo.co.jp
http://www.takeshobo.co.jp
印刷・製本……………………………… 中央精版印刷株式会社